KB064454

바깥의 문학

바깥의 문학

Literature of the Outside

송승환 엮음

도서출판 b

입장으로서의 바깥

> 그리하여 어둠과 줄지어 선 눈들 한가운데서
> 사랑스러운 별들로부터 나는 멀어지며 빛나리라
> ─기욤 아폴리네르, 「행렬」[1] 부분

기욤 아폴리네르는 「행렬Cortège」의 첫 시행을 허공에 깃을 트고 "뒤집혀 나는 새"의 이미지로 시작한다. 그는 하늘을 등지고 날아가는 지구의 새가 아니라 우주를 발아래 두고 지구라는 행성 위로 날아가는 새를 통해 시의 전복적 사유를 전개한다. 그것은 지구의 지평선에 내려앉는 새가 아니라 우주의 무한한 깊이와 허공의 어둠 속에 자기 존재의 시원始原을 두겠다는 입장la position의 표명이다. 그 새는 지구 중력과 삶의 질서에 수렴되는 위치la position로부터 벗어나려 한다. 그 새는

---

1. 기욤 아폴리네르 「행렬」, 『알코올』, 황현산 옮김, 열린책들, 2010, 90쪽.

지구라는 행성에 갇히지 않고 "날이 갈수록 더욱 강렬해질이 길쭉한 불 때문에" "마침내 어느 날 단 하나의 빛이 될 때까지" 무한 우주의 한복판을 가로질러 가는 혜성이 되고자한다. 그 새는 다름 아닌 시인 기욤 자신이다. 시인은 혜성처럼 "어둠과 줄지어 선 눈들 한가운데서 / 사랑스러운 별들로부터나는 멀어지며 빛나리라"고 선언한다. 그 선언은 자신이 살아온 삶의 터전과 사랑하는 사람들이 살고 있는 별들로부터멀어지려는 입장. 중력의 법칙과 법의 규범이 작동하는 삶의지대地帶 안이 아니라 그 바깥le dehors으로 나아가려는 입장이다.기꺼이 어둠을 감내하는 혜성처럼 삶의 바깥으로 항진하면서멀어지고 스스로 빛나는 존재가 되려는 입장이다.

바깥은 미명의 어둠 속이며 무한한 우주의 심연에서 존재하는 모든 존재자들의 어떤 자리la position이다. 바깥은 어떤 이름도붙일 수 없고 어떤 이름도 없이 온전히 스스로 '있음'으로빛나는 것들의 자리이다. 바깥은 모든 법과 주체의 동일성의원리로 통제되는 삶에 대한 '죽음의 선고'이며 죽어감과 되살아남이 동시에 발생하는 무無의 장소이다. 주체와 인칭人稱이죽고 '비인칭Impersonnalité'과 '중성Neutre'(모리스 블랑쇼)이 되는지점이다. 바깥에서 이름을 지닌 존재자들은 '~이다'의 규정성에서 풀려나와 '~이 있다'는 무규정성의 존재가 된다. 바깥은이름 붙일 수 없는 것들에 대한 언어의 한계 속에서 마주하는 사물들의 범람이며 '있지 않음의 있음', 그 사물들이 개시되는 세계이다. 의미가 비어 있는 중심이다. 일상의 기음이 죽고 시인이 되는 시간, 기음의 타자성이 실현되는 시간이다. "진정한 시는 법의 바깥에 있다"(조르주 바타유)는 것을 경험하는 글쓰기. 내가 말하는 것이 아니라 내 안의 '그'가 말하는 상태의 경험. 기음이 시를 쓰는 것이 아니라 불현 어떤 미결정의 목소리에 붙들려서 매혹되고 '나' 너머에 잔존하는 모든 것에 의해 시가 씌어지고 시를 받아쓰는 순간의 경험이다. 세월호 사건과 촛불 집회처럼 예상치 못한 사건으로 인하여 일상적 삶의 외부로 추방당하고 다른 삶을 살게 되는 경험이다. 삶과 작품을 구성하고 있는 것을 균열시키는 외부의 경험이다. 그리하여 바깥으로의 이행은 완전한 무無의 경험과 타자성의 글쓰기이며 규정된 삶의 의미를 전복하는 미학적이며 정치적인 실천이다.

이 책에 실린 글들은 이름 붙일 수 없고 규정할 수 없는 '바깥'에 대한 사유의 실천들이다. 단일한 의미로 정의할 수 없고 명징한 명제로 정리할 수도 없는 '바깥'에 대한 사유처럼 각각의 글들은 확고한 주제와 중심으로 환원할 수 없는 바깥에서 각자의 '바깥' 사유를 전개한다. 글쓴이들은 모두 수유너머에서 오랜 시간 활동하며 일상적 삶과 공동체의 삶을 공유하면서도 그 바깥을 사유하고 공부하면서 서로 멀어지고 함께 빛나는 우정을 경험하였다. 이 책은 그 입장으로서의 바깥과 우정을 나눈 글쓰기의 결과물이다. 사랑스러운 별들로부터 멀어지며 빛나는 바깥에의 경험과 우정을 독자들과 나누고 싶다.

2022년 5월
송승환

| 차례 |

세계의 바깥, 혹은 세계-외-존재의 존재론

이 진 경

1. 세계성보다 앞선 것들

알다시피 하이데거는 인간이란 세계를 갖는 존재, 세계 안에 존재하며 그 세계의 규정성 속에 존재한다는 점에서 '세계-내-존재'라고 했다. 그래, 우리는 세계-내-존재다. 기왕의 세계 안으로 던져지며 태어나고 그런 세계 안에 할당된 자리에 '거주'하며 그 세계가 내게 보내는 규정성을 산다. 세계성이 규정하는 삶을 산다. 세계 안에 있다는 것은 세계에 사로잡혀 있음을 뜻한다. 세계가 부여하는 규정, 그렇게 규정된 삶에. 그러한 규정성을 '곱게' 받아들이는 한, 우리는 세계-내-존재

In-der-Welt-Sein으로서 착실히 살아간다. 아무 생각 없이 그렇게 '착실히' 사는 것을 두고 하이데거는 존재 망각 속에서 세인적世人的인 삶을 산다고 비판한다. 그래, 우리는 그렇게 존재 망각 속에서 존재하는 세인das Man이다.

그러나 사실을 말하자면, 결코 그렇게만 살지는 않는다. 주어진 규정성에 힘겨워하기도 하고, 할당된 자리에 역겨워하기도 하며, 그렇게 주어진 삶에서 '권태'를 느끼기도 한다. 혹은 그렇게 표나게 거리를 두기도 전에 어느새 거기서 이탈하여 '다른 삶'을 살기도 한다. 하이데거도 이를 잘 알고 있었지만, 이런 이탈을 '존재 망각'에 대한 경악스러운 자각이라는 최대치의 양상으로 포착하여, '죽음으로-미리-달려가-보는 결단'이라는 극단적 형상을 부여할 때조차,[1] 그 결단으로 인해 도래하는 '가능 존재'를 여전히 기재旣在하는gewesene 세계 안에서, 역사가 보내는 가능성의 형태로밖에는 파악하지 않는다.[2] 이런 점에서 그는 철저하게 세계-안에-있고, 그의 사유는 최대치의

• •

1. 하이데거, 『존재와 시간』, 이기상 옮김, 까치, 1998, 351쪽.
2. 하이데거, 같은 책, 515쪽. 역사가 '보내는' 이 같은 가능성을 그는 '사명'이라고 명명한다. "역사란 한 민족에게 공동적으로 부여된 사명 속으로 그 민족을 밀어 넣는 것인 동시에, 그 민족이 떠맡아야 할 과제 속으로 그 민족을 몰입하게 하는 것이다." (「예술작품의 근원」, 『숲길』, 신상희 옮김, 나남출판, 2008, 113쪽.) 박종홍이 쓰고 박정희가 서명한 「국민교육헌장」의 첫 구절처럼, 그렇게 우리는 "민족중흥의 역사적 사명을 띠고 이 땅에 태어났다"는 것이다.

강도로 밀어붙일 때도 철저하게 기재하는 세계–안에 갇혀 있다.

어쩌면 반대로 말하는 것이 진실일지도 모른다. 우리는 세계–내–존재로서 그렇게 갇혀 살지만, 그렇게 갇히기 이전에 이미 그 세계의 바깥에 있고, 갇혀서도 그 바깥에 있다고. 그렇기에 죽음으로–미리–달려가–보는 거창한 결단 없이도 세계의 바깥으로 쉽게 나가며, 존재 망각 상태에서조차 어느새 세계의 바깥을 살게 되기도 한다고. 심각한 결단 없이 어느새 그렇게 바깥으로 나가기 마련이기에, 세계–안에–존재 in–der–Welt–sein하도록 하기 위해서 그토록 많은 법과 규칙들이 있고, 그토록 깨알 같은 규제와 강제가 있으며, 그토록 세밀한 훈육과 그토록 치밀한 권력이 있는 것이라고. 세계–내–존재란 가히 잔혹하다 할 수밖에 없는 강제와 훈육의 산물이며,[3] 대체로 성공할 때조차 어느새 이탈하는 자들이 생겨나는 것을 막을 수 없는 무능한 권력과 짝하는 것이라고.

권력의 강제가 있고 잔혹한 처벌의 장치들이 있으며 달콤한 성공의 유혹이 있고 모든 가치를 대신하는 경제학적 미끼가

3. 『감시와 처벌』이나 『성의 역사 1』 등 훈육과 권력에 대한 푸코의 책들은, 이런 맥락에서 이해할 수 있을 것이다. 푸코 말대로 훈육하는 권력, 생명 권력은 단지 금지하고 억압하는 게 아니라 생산한다는 것은 사실이지만, 그럴 때조차 그것은 세계 이전에 존재하는 힘들을 세계–내–존재로서 생산하며 주어진 세계에 길들이는 권력이다.

있음에도 불구하고, 세계—안에—있으려 하지 않고 어느새 세계 바깥으로 나가버리는 자들이 있다. 주어진 삶과 다른 삶을 찾아 떠나는 자들이 있고, 주어진 규정성을 벗어던지는 자들이 있다. 상찬의 언어를 멋지게 두른 수많은 의미들, 심지어 단어부터 짙은 향수를 자극하는 '알레테이아'의 빛에 대한 진지하고 심각한 찬사들이 아주 다양한 형상으로 제시됨에도 불구하고, 빛 대신 어둠을 향해 가려 하고 진리 없는 삶을, 성공도 안전도 보증되지 않은 이탈의 행로를 가는 자들이 있다. 그렇게 떠나려 할 때마다 "집집마다 앞쪽에 달린 / 상처난 유리창들이 모두 / 두려운 마음에 마구 날개를 파닥"이지만,[4] "닳고 닳은 문지방에서 / 벗어날 줄 모르는" 이들을 향해 "네가 누구라도, 저녁이면 / 네 눈에 익은 것들로 들어찬 방에서 나와보라"며[5] 유혹하는 자들이 있다.

우리는 분명 역사Histoire를 갖는다. 역사란 나의 행적에 대한 기억이 아니라 내가 속한 세계를 관통해 간 사건들의 기록이다. 그러니 역사란 내가 말려 들어간 것조차 나보다는 세계에 속한다. 그렇기에 역사는 있었던 사건들의 집적이 아니라, 우리에게 주어진 세계 안에서 살기 위해 우리들이 기억해야

· ·
   4. 라이너 마리아 릴케, 「어느 사월에」, 『두이노의 비가 외』, 김재혁 옮김, 책세상, 2000, 11쪽. 이하 같은 책의 인용은 쪽수만 밝히기로 한다.
   5. 릴케, 「서시」, 같은 책, 10쪽.

할 것들의 집합이고, 그런 것들로 만들어진 이야기histoire이며, 우리를 세계 속에 귀속시키기 위해 만들어진 의미들이다. 그러나 그럴 때조차 유심히 살펴보면 그런 역사조차 사실은 대개는 주어진 자리에서 이탈한 자들, 의미나 진리의 유혹에서 벗어나 어둠 속으로 들어갈 줄 알았던 자들, 세계의 바깥으로 나가버린 자들이 산출한 사건들의 집적이고, 그들이 떠나도 따라다니던 소속을 빌려 그들이 산출한 것들을 그들이 떠나 버린 세계로 귀속시킨 이야기들이다.

문학과 예술은, 특히 20세기의 문학과 예술은 이처럼 세계–안에–있기를 거부하고 세계 바깥으로 나간 자들의 창조물이고, 의미를 따라가는 게 아니라 의미 없어 보이는 것을 따라갈 줄 아는 자들, 거창한 것이 아니라 '아무것도 아닌 것'에 눈 돌릴 줄 알았던 자들의 궤적이며, 존재의 빛이 드는 곳이 아니라 자신의 존재를 잠식할 듯한 어둠 속으로 들어가고자 했던 자들이 보고 듣고 쓴 것이다. 다른 삶을 찾고자 했던 자들로 인해 발생한 사건들의 집적이고, 자신이 속한 세계를 감히 등지고자 했던 자들이 창안한 다른 '세계'들이다. 그런 점에서 지금 우리가 대면하는 문학과 예술은 세계–내–존재이길 거부하고 주어진 세계 바깥에서 존재하는 방법을 창안한 것들의 기록이다. 다른 삶을 찾아 세계 바깥으로 나갈 줄 알았던 자들이, 세계 바깥에서 보고 듣고 사유한 것들의 기록이다.

2. 세계-외-존재로서의 시인

　"나는 이 세계에 있지 않다"면서 "다른 삶은 있는가?"를 물으며, 독을 마시고 지옥으로 내려가길 선언했던 랭보는 누구보다 강하고 선명하게 시인으로서의 자신이 세계-외-존재임을 선언한다. 『지옥에서 보낸 한 철』의 서시에서 그는 세계로부터의 이런 탈주의 의지를 명확하게 표명하면서, 그러한 탈주가 자신이 속한 세계, 그 지평이 제공하는 미와 정의라는 가치에 대한 거부임을 명시한다.

　　어느 날 저녁 나는 '미'를 내 무릎에 앉혔다.—그러고 보니 그게 고약한 것임을 알았다.—그래서 욕을 퍼부어 주었다.

　　나는 정의에 대항하여 무장을 단단히 했다.

　　나는 달아났다. 오 마녀여, 오 비참함이며, 오 증오여, 나는 너희들에게 내 보물을 맡겼다.

　　나는 마침내 내 정신에서 온갖 인간다운 희망을 사라지게 하기에 이르렀다. 온갖 기쁨으로, 나는 사나운 야수처럼 소리도 없이 뛰어올라 그 목을 비틀었다.

탈주, 세계로부터의 달아남은 그것이 나를 붙잡아 매는 가치와 의미로부터의 탈주다. 미는 시인을 붙잡는 가장 큰 유혹이고, 정의는 '시민'을 잡아끄는 가장 큰 대의다. 그로부터 달아나는 것은 어두운 부정적 색채로 칠해진 곳, 희망 없는 비참함의 땅을 향해 가는 것이고, 세계의 증오를 떠안는 것이며, 마녀라는 저주 대상이 될 위험을 향해 뛰어드는 일이다. 시인은 세계가 주는 기쁨과 희망을 버리고 간다. 그것의 목을 비틀며 간다.

세계 안에 던져져 그것에 길든 이들에게, 세계란 친숙하게 질서 지워진 것들의 집합이다. 세계-안에-있다는 것은 주어진 자리, 주어진 규정성, 주어진 가치들을 받아들이고 내면화하며 사는 것이다. 그렇기에 그것은 아무리 힘들어도 편안하며, 실패를 반복할 때조차 밝은 빛 아래 서 있다. 반대로 세계로부터 달아난다 함은 별짓 하지 않아도 힘든 삶을 사는 것이고, 무언가 출구를 찾아냈을 때조차 항상 어둠 속에 있는 것이다. 그렇기에 세계의 바깥이란 사실 '지옥'이다. 세계로부터 달아나려는 자들에게 세계가 퍼붓는 저주의 영역이다. 랭보는 세계로부터 달아나는 것이 지옥으로 들어가는 것임을 잘 안다. "이것이 바로 지옥이다. 영원한 고통이다. 보라, 이 불길이 어떻게 솟아오르는가를!" 잘 알지만 그는 기꺼이 "끔찍한 독을 한 모금

꿀꺽 삼"키고 지옥으로 내려간다. "나는 더할 나위 없이 잘 타오른다. 꺼져라, 악마여!"(「지옥의 밤」)

세계를 떠난다는 것은 세계를 지배하는 원리도 역사도 떠나는 것이다. 세계-안의 삶을 규제하고 유혹하는 가치도 떠나는 것이다. "이제 역사 같은 것은 믿지 않으며 원리 따위는 잊어버렸다." 세계를 벗어난다는 것은 세계가 부여한 삶을 벗어나는 것이다. 랭보는 이를 명확히 알고 있다. "삶의 시계가 방금 멈췄다. 이제 나는 이 세계에 있지 않다." 세계로부터 달아나 지옥으로 내려갈 줄 아는 자는 세계-내-존재가 아니다. 그 세계에 있지 않은 자, 그 세계 바깥에 있는 자란 점에서 세계-외-존재다. 랭보에게 시인이란 세계의 바깥을 사는 자, 세계-외-존재다. 『지옥에서 보낸 한 철』은 시로 씌어진, 세계-외-존재의 존재론이다.

그러나 세계를 떠난다는 것은 흔히 부정의 색채로 칠해 말하듯 세계로부터 '도피'하는 게 아니다. 아무것도 없는 무의 세계로 들어가는 것도 아니다. 오히려 세계의 원리나 역사, 가치와 감각에서 벗어나 자유로운 상상의 세계들 사이를 가로지르는 것이고, 세계 안에 없는 것을 세계 속으로 불러내는 것이다. 이 세계에 있지 않은 것이기에 그렇게 불려 나오는 것은 대개 '환각', '환상'이라 불린다. "환각이야 헤아릴 수 없이 많다. 내가 줄곧 가진 것이 바로 그것이었다." 그것은 내가 속해 있던 것과 다른 수많은 세계들의 싹이다. 그렇기에 그런 환각을 가진 자인 "나는 천 배나 더 풍요로운 자이다." "시인이나 환상가들의 질투"를 살 만큼.

그 싹들을 갖고 그는 다시 삶으로 돌아간다. 세계 바깥에서 다른 세계를 창조한다. 그러나 그렇게 스스로 다시 창조한 세계, 그런 세계 안의 삶이라도, 그것이 다시 지배적인 것이 되고 그것이 어떤 원리가 되며 그 세계에 맞추어 삶을 길들이려 한다면, 아마도 필경 다시 그 세계 바깥으로 달아날 것이다. 몇 번이고. "아! 삶으로 다시 떠오르라! 우리들의 추악함에 눈을 던지라. 이 독, 이 수천 번 저주받은 입맞춤! 나의 연약함이여, 세상의 잔인함이여!" 자신을 숨겨 달라고, 자신은 형편없는 놈이라고 하면서 "영벌 받은 놈과 함께 불은 다시 솟아오른다"며 시 「지옥의 밤」을 끝냄은 이런 연유일 것이다. 나는 '영원회귀'(니체), 혹은 '영구혁명'(맑스)으로 이어지는 길을 여기서 본다. 세계−외−존재로서의 시인이란 이처럼 세계의 바깥으로, 지옥으로 나가고 거기서 부재하는 세계의 싹을 들고 다른 세계, 다른 삶을 창조하지만, 그로부터 다시 달아나 지옥으로 들어가길 반복하는 자, 그런 영원한 반복의 운명을 타고난 자다.

세계−외−존재란 세계로부터 벗어나는 자다. 그러나 이 벗어남은, 잘 알겠지만, 지리적인 것도, 공간적인 것도 아니며,

외연적인 것도 물리적인 것도 아니다. 세계의 바깥으로 간다는 것은 내가 속한 세계를 떠나는 것도 아니고, 내게 달라붙은 소속을 떼는 것도 아니다. 자신이 속한 세계의 지루함이나 추함, 혹은 참혹함이나 비열함을 보고 그 세계를 떠나려는 것은 사실 얼마나 하기 쉬운 생각이고, 얼마나 빈번히 일어나는 충동인가. 이는 말라르메처럼 탁월한 시인조차도 어느새 빠져들었던 함정이었다. 그렇게 떠나려는 자가 갈망하는 '창공'이나 피안은 물리적으로 그것을 떠나는 경우가 아닌 한, 자신이 속한 현실을 경멸하고 잊는 방식으로 그 세계에서 고통스레 살아가는, 세계-내-존재가 생존하는 하나의 방식일 뿐이다. 랭보는 결코 그래선 안 됨을 안다. 자신을 마녀라며 증오하는 세계를 떠나 자신을 천사로 받아들여 줄 곳을 찾는 게 아니라, 마녀라는 비난과 증오를 기꺼이 떠안으며 세계가 까맣게 칠해 놓은 '악덕'을 그대로 짊어진 채 그 세계 속에서 다른 삶을 향한 출구를 찾는 것, 그 세계 안에서 세계-외-존재로 살아갈 길을 찾는 것, 그것이 세계를 떠나 그 바깥으로 가는 길이다. 주어진 세계를 외면하고 떠나지 않는 자만이 진정 세계를 떠날 수 있는 자다. 그래서일 것이다. 세계 바깥으로, 지옥으로 떠나는 시 「지옥의 밤」과 짝을 이루는 시 「나쁜 피」 — 시집에서는 이 시가 바로 앞에 배열되어 있다 — 는 역설적이게도 "떠나지 않겠다"는 의지를 표명한다.

떠나지 않을 테다on ne part pas. —이 땅의 길들을 다시 걸어가
자. 네 악덕을, 철들 무렵부터 내 옆구리에 고뇌의 뿌리를
박은 그 악덕을 짊어지고 — 악덕이 하늘에까지 닿아, 나를
때리고, 나를 엎어뜨리고, 나를 끌고 간다.

　　　　　　　　　　　　　— 랭보, 「나쁜 피」 부분

　그는 자신이 사는 세계를 떠나지 않는다. 거기 달라붙어,
그 안에서 살아간다. 그러나 그 세계의 원리에 자신을 맞추거나
그 세계의 가치를 따라가는 것이 아니라 반대로 악덕으로
비난받는 고뇌를 짊어지고, 그 악덕을 감히 떠안고 간다. "이
또한 삶이다!Et c'est encore la vie!"(「지옥의 밤」) 그렇기에 무능한
자, 야만적인 자, 서투른 자, 나쁜 피를 물려받은 열등한 종족이
라는 비난을 떠안고 간다. "문둥이로서 나는 태양이 쏟아지는
벽 발치, 깨진 병과 쐐기풀 위에 앉아 있다."(「나쁜 피」) 그렇게
어둠 드리워진 자리를 그대로 받아들인 채 거기서 짐승으로서,
니그로로서 살고자 한다. 거기서 "노파들이랑 아이들이랑 함
께, 마녀의 야연夜宴에서 춤을 춘다." 그러면 거기에 "이교도의
피가 되돌아온다."

　떠나지 않으면서, 열등한 자의 자리에서 비난에 개의치 않고
살려는 자, 과학, 진보를 따라 전진한다는 세계에 대해 '정말?'

하고 의문을 갖지만, '순환하며' 되돌아오는 시간에 대해 이교도의 말로밖엔 설명할 길 없어 차라리 침묵하려는 자, "고난에 찬 삶을 살고 단순하고 우둔해질 것"을 다짐하는 이런 자는 세계가 할당한 자리에 있어도, 세계가 부여한 것과 다른 모습으로 되돌아오게 될 것이다. "강철 같은 사지에, 어두운 피부에, 험악한 눈을 하고 나는 되돌아올 것이다. 내 낯짝을 보고 모두들 나를 강한 종족으로 여기리라." 정치 사건에 휘말리는 것도 개의치 않는다. 그것이야말로 "구원"이라고 그는 선언한다 (「나쁜 피」).

3. 우주, 세계의 바깥

세계는 장대한 우주 안에 있다. 수많은 별들 사이를 말없이 흘러가는 무수한 힘과 에너지의 장대한 흐름으로서의 우주. 그 우주가 장대한 것은 외연적인 크기 때문만은 아니다. 장대함이란 아무리 멋진 개념과 위대한 법칙으로 포착하여도 절대로 그 안에 담을 수 없는 운동의 '자유도', 어떤 탁월한 지식으로도 담을 수 없는 '혼돈'의 크기를 표현하는 말이고, 어떤 뛰어난 인식도 어느새 벗어나 버리는 무상한 변화의 속도를 표시하는 말이다. 페소아의 말을 빌리자면, "광활함 바깥의 광활함"이다.

우주라는 말조차 초과해버리는 혼돈의 크기란 점에서 "스스로를 아연케 하는" 변화의 속도다. 우주란 그 무한한 변화를 표시하는 말이란 의미에서 "온 우주는 그것의 자취"고 "신은 그것의 그늘"이다(페소아, 「신−너머」).[6] 개념과 법칙으로 무장한 모든 인식을 벗어난 무상한 변화와 생성의 장, 그것이 우주다. 따라서 우주는 본질적으로, 항상 카오스로서 존재한다. 카오스에 반하는 것으로서의 코스모스란 그 장대한 우주 속에서 별처럼 빛나는 몇 개의 점들을 연결하여 얻은 별자리 같은 것이다. 몇 개의 점들을 연결하여 그린 엉성하고 거친 그림일 뿐이다.

세계란 어떤 것이든 일정하게 배열된 질서를 갖는다. 그렇기에 우주는 언제나 세계의 바깥이다. 인간은 개념이나 법칙을 통해 세계 안에 우주를 담으려 애를 쓰기에, 세계에는 종종 우주의 한 조각이 포함되어 있지만, 그것은 언제나 저 엉성하게 그려진 코스모스의 일종이다. 우주는 코스모스로 연장된 세계의 바깥이다. 세계 안에 들어와 있을 때에도 세계의 바깥이다. 세계의 바깥을 뜻하는 카오스, 고정되어 포착된 질서의 바깥을 뜻하는 무상한 변화와 생성의 카오스다.

6. 페소아, 『내가 얼마나 많은 영혼을 가졌는지』, 김한민 옮김, 문학과지성사, 2018, 155쪽.

카오스로서의 우주는 인간의 머리 위에만 있지 않다. 그것은 인간이라는 유기체 아래의 신체 속에도 있다. 유기체의 인지 능력을 벗어난 기관들의 움직임, 기관의 의지를 벗어난 조직^{tis-sue}들의 운동, 조직의 명령에 따르지 않는 세포들의 작동들, 세포들 안에 존재하는 소기관들, 그 이하의 분자적인 운동들, 그리고 그 운동이나 작동들 사이에서, 어느 하나의 의지로 귀속되지 않는 세포 내지 분자 간 통신의 흐름들. 이 모두는 유기체의 신체 안에서 발생하지만 중중무진의 무상한 변화와 포착 불가능한 생성의 흐름을 이룬다는 점에서 본질적으로 우주적 카오스와 다르지 않다. 하늘 위의 우주를 대우주, 유기체의 신체를 '소우주'라고 한다면, 그것은 인간들이 포착한 어떤 질서의 동형성을 통해 서로 비추듯 연결된 것이란 의미와 반대로, 포착하려는 모든 질서를 벗어난 카오스라는 점에서 그렇게 말해야 한다. 하지만 신체 안의 이 소우주 또한 모든 인식 능력, 모든 질서를 벗어난 카오스라는 점에서, 더욱이 신체의 외연적인 크기나 '소우주'라는 말로 인해 어느새 표상하게 될 자연발생적 오인 가능성 때문에 더더욱, 대우주 못지않은 '장대함'을 갖는다는 점을 결코 잊어선 안 된다.

그러나 카오스란 코스모스나 세계라는 말과 대비되며 흔히 표상되는 단순한 혼돈, 단순한 무질서로서의 혼돈은 아니다. 우주에는 우주 나름의 질서와 법칙이 있다. 신체에는 신체

나름의 질서와 법칙이 있다. 카오스란 그런 질서와 법칙 속에서 이루어지는 변화와 생성이다. 그러나 그 질서와 법칙이 우리가 포착하는 질서와 법칙을 넘어서 있고, 그 변화의 속도와 생성의 양상이 우리의 인식 능력을 벗어나 있기에 '무질서'와 '혼돈'이라고 간주되는 것일 뿐이다. 그 무상의 변화가 우리가 부여하는 규정성을 벗어난 것이기에, 그 모든 규정성을 지우며 오는 것이기에 아무것도 아닌 것으로, 공허와 무로서 간주되는 것일 뿐이다. 카오스란 코스모스를 벗어난 생성의 질서이고 우리의 인식을 초과한 존재의 실상이다. 우리가 아는 법칙이나 질서란 그 카오스의 질서 중 일부를 포착한 것이다. 그 무한 속도의 변화를 정지시켜 얻은 카오스의 한 단면이고 우리가 인지할 수 있도록 동결된 카오스의 조각이다. 그런 점에서 그것은 우주의 실상에 속하지만, 이미 지나가 버린 화살의 사진일 뿐이고, 이미 달라져 버린 물결의 잔상일 뿐이다. 인식하고 법칙을 찾고 지식으로 남기고 그것들을 기억하며 살아가는 자는 그 잔상을, 지나간 사진 속에 갇힌 것을 산다. 페소아는 이를 '기억'과 '자연'이라는 말로 대비한다.

> 땅에 남아 기억되는 동물의 자국보다 차라리
> 지나가도 자취를 남기지 않는 새의 비행을.
> 새는 지나가고 잊는다. 그리고 그래야만 한다.

동물은, 이미 거기 없고 그래서 쓸모가 없어진 곳에다
거기 있었음을 보여준다. 아무짝에도 쓸모없음을.

기억은 자연에 대한 배신
어제의 자연은 자연이 아니기에
지나간 것은 아무것도 아니고, 기억한다는 건 안 보는 것

지나가라, 새여, 지나가라, 그리고 내게 지나가는 법을 가르
쳐다오!
——알베르투 카에이루(페소아), 「양 떼를 지키는 사람」 부분[7]

세계는 두 개의 장대한 우주 사이에 있다. 대지 위에 펼쳐진
장대한 대우주와 신체 아래 펼쳐진 장대한 소우주 사이에.
우주를 바탕으로 하고 있다는 의미에서, 세계는 우주 안에
있다. 그러나 이는 너무 외면적인 말이다. 세계는 두 방향
모두에서 포착 불가능한 변화와 생성에 의해 항상 관통당하고
있다는 점에서 우주는 세계 안에 있다고 해야 할 것이다. 어느
경우든, 우주는 세계보다 비할 수 없이 장대하다. 세계의 손안
에 포착된 우주를 '코스모스'라고 한다면, 세계 안에까지 스며

7. 페소아, 『시는 내가 홀로 있는 방식』, 김한민 옮김, 민음사, 2018, 83쪽.

들어와 있는 세계의 바깥을 '카오스'라고 한다. '제멋대로의' 크기와 방향을 갖는 무수한 힘들의 장으로서의 카오스. 관성 (이너시아inertia)에서 벗어나는 힘(클리나멘clinamen)이라고 불리는 물리-화학적 힘과 의지들의 카오스가 그 하나라면, 다른 하나는 '노력'(코나투스conatus)과 창발emergence이라고 불리는 화학-생물학적 힘과 의지들의 카오스다. 이너시아와 코나투스가 다른 점이 있다면, 후자는 좀 더 큰 힘을 향한 고양의 성분을 포함하고 있으며, 고양을 위해 스스로 방향을 바꾸는 능력이 있다는 점이다. '충동'이나 '욕망'이라는 말은 의지를 동반하는 이 화학-생물학적 힘을 지칭하기 위해 사용되는데, 이는 바로 이점에서만 물리-화학적 힘과 구별된다.[8]

'자아', 혹은 '영혼'을 갖는 존재로서의 '나'는 이 카오스의 바다 위에 떠 있는 배다. 장대한 우주로서의 신체를 통제하기 위해 '위로부터', 유기체란 말에 부합하는 통일성을 부여하려 하지만 언제나 실패하며 작동하는 장치다. 그것은 그 신체가 '던져지며' 태어나는 세계 안에 주어진 '나'의 자리로 '나'의

· ·

8. 그러나 물리적 힘 또한 의지를 포함하고 있으며, 이는 관성조차 다르지 않다. 에피쿠로스는 원자 같은 물리적 요소에게 '이미' 클리나멘이 있을 수밖에 없음을 오래전에 지적하면서 이를 '원자의 영혼'이라 명명한 바 있다. 물론 만인의 비웃음을 산 말이었지만, 후일 스피노자는 이 비웃음을 웃어넘기며 이렇게 말한다. "모든 개체는 정도의 차이는 있지만 정신을 가지고 있다." (『에티카』, 제2부 정리13의 보충)

신체와 '영혼'을 이동하게 하는 장치다. 그 세계가 '나'에게 부여하는 규정성들에 따라 신체 안에 존재하는 힘들을 길들이고, 그 규정의 동일성을 유지하는 장치다. 그런 점에서 자아는 사실 세계의 일부고, 신체적 소우주 안에 세계의 요구를 밀어넣고 그것에 따라 신체를 움직이려는 세계의 대행자agent다. 세계성의 담지자Träger다. 따라서 우주가 세계의 바깥이란 말은 신체가 자아의 바깥이라는 말로 번역되어도 좋을 것이다. 또 하나, 이때 신체란 이미 의지들을 포함한다는 점에서 힘들만큼이나 많은 미시적인 '영혼'들을 포함함을 덧붙여야 한다. 내 안의 우주, 그것은 무한히 다양한 미시적 충동 내지 욕망의 우주일 뿐 아니라 이 수많은 미시적 영혼들의 우주다. 혹은 그 미시적 충동과 욕망, 영혼들이 나름의 '질서'에 따라 이리저리 떼 지어 흘러 다니는 바다다. 자아란 세계의 대행자이지만, 신체의 우주에 맞추어, 충동과 욕망의 흐름에 따라 세계성과 교섭하고 세계의 의지를 바꾸도록 제안하는 방식으로만 지속될 수 있는 대행자다. 그런 식으로만 세계성을 담지하는 담지자다.

바다 위의 배가 '정상적'이라 함은 자신의 움직임을 조절할 능력을 잃고 표류하는 상태와 대비된다. 그러나 동시에 그것은 흐름을 무시한 채 원하는 곳을 향해서만 나아가는 미련한 고집과도 대비된다. 배의 조절 능력이 제대로 작동한다 함은 바다의 상태에 따라 그 흐름을 타면서 상이한 곳으로 이동하고, 상이한 신체 상태로 이행할 능력을 갖고 있음을 뜻한다. 훌륭한 배는 바닷물의 흐름을 타고 자신이 원하는 곳으로 이동하지만, 이는 바닷물의 흐름을 따라가면서만 가능하다. 흐름을 탈 줄 모르거나 그저 표류할 뿐이라면, 혹은 흐름을 거스르며 '자신'이 하고자 하는 바를 고집하려 할 때, 배는 원하는 곳에 가지 못하며, 이러한 상태가 반복되면 이동 내지 이행 능력을 상실하고 만다. 이런 경우 신체나 '영혼'이 병들었다고 한다.

4. 우주를, 우주의 바람을

시인, 혹은 세계-외-존재란 인간의 삶에 '지반'이 되어주고 인간의 인식에 '기반' 내지 '근거'를 제공해주는 세계 안에 살면서, 그 세계의 바깥을 향해 가는 자다. 로렌스식으로 말하면, 세계 안에서, 세계를 기반으로 그린 그림을 찢고 그 '틈새'를 통해 세계 안으로 카오스의 바람을 불러들이는 자다. 아름다운 그림에 더러운 물감을 쏟고 숭고한 덕목을 쏘는 잔혹한 이빨들을 불러들이는 자다. 참된 지식과 우주 간의 '간극'을 감지하는 자이고, 그 간극 속에 우주의 바람을 불러들이는 자다. 비록 그것이 '나'라고 불리던 어떤 것의 죽음을 야기할지라도 세계 안에서의 파멸로 '나'를 몰고 갈지라도, 세계 바깥의 우주와 교신하는 자다.

　세계 안의 삶은 안정적이고 편할지 모르지만, 그것은 주어진 규정, 뻔한 양상의 삶을 반복하는 것이기에, 안주할 수 없는 자, 다른 삶의 가능성을 찾는 자로선 지루하고 권태로운 것일 게다. 랭보처럼 불꽃이 되어 타오르고 독을 삼키며 달려드는 격정적 기질은 없다 해도, 그 권태를, 참을 수 없는 존재의 지루함을 견딜 수 없는 자 또한 세계의 바깥으로 간다. 도시적 삶으로 요약되는 근대적 세계에서 누구보다 권태를 강하게 느껴야 했던 보들레르가 그러하다. 이는 종종 시인으로 하여금 단두대마저 꿈꾸게 한다.

　　제일 흉하고 악랄하고 추잡한 놈 있으니!
　　놈은 야단스런 몸짓도 큰 소리도 없지만
　　지구를 거뜬히 박살내고
　　하품 한 번으로 온 세계인들 집어삼키리;
　　그놈은 바로 '권태'! ─ 눈에는 무심코 흘린 눈물 고인 채
　　담뱃대 빨아대며 단두대를 꿈꾼다.

　　　　　　　　　　　　　　　─ 보들레르, 「독자에게」[9] 부분

* *

9. 보들레르, 『악의 꽃』, 윤영애 옮김, 문학과지성사, 2003, 36~37쪽.

그는 권태를 아는 독자들을 향해서 시를 쓴다. 선으로 빛나는 세계에 악의 꽃을 불러들이고, 아름답게 꾸며진 세계에 구더기 떼를 풀어놓는다. 이 따분한 세계의 바깥을 보는 자이기에, 그는 그 권태로운 세계 안에 우주의 바람을 끌어들인다. '너'라는 이인칭, 혹은 '더러운 계집'이란 삼인칭을 빌려 우주를 자기 방으로 불러낸다. 세계의 단단한 덕목들을 쏠 이빨들을 단련시키고 아름다움의 법칙을 교란시키는 숭고한 치욕과 더러운 위대함을 슬며시 펼쳐 놓는다. 다른 전체를 빚어내는 죄악의 자연을 자신이 사는 세계 속에 불러들인다.

> 너는 전 우주를 네 규방에 끌어넣겠구나,
> 더러운 계집이여! 권태로 네 넋은 잔인해지는구나.
> 그런 괴상한 놀이에 네 이빨을 단련시키자면,
> 날마다 염통 하나씩 네 이빨에 넣어주어야 하겠구나.
> 네 두 눈은 진열장처럼, 축제에 타오르는 등화대처럼
> 번뜩이며 빌려온 위력을 함부로 행사한다,
> 제 아름다움의 법칙 알지도 못하고.
>
> 잔혹하기 이를 데 없는 눈멀고 귀먹은 기계여!
> 사람들 피를 빠는 유익한 연장이여,

어찌 너는 부끄럼을 모르는가, 그리고 어찌
네 매력이 퇴색하고 있음을 거울에 비춰보지 못하는가?
깊은 뜻을 감추고 있는 위대한 자연이
너를 가지고, 오 계집이여, 오 죄악의 여왕이여,
— 천한 짐승 너를 가지고 — 하나의 전체를 빚어낼 때,
아무리 죄악에 능숙하다 자부하는 너라 해도,
그 엄청난 죄악에 질겁하여 뒷걸음질 친 적은 없었던가?

오 더러운 위대함이여! 숭고한 치욕이여!
— 보들레르, 「너는 전 우주를 네 규방에 끌어넣겠구나」
전문[10]

장대한 무한의 우주를 방 안으로, 세계 안으로 불러들인다면,
혹은 세계 안에 이미 존재하는 우주가 세계의 수많은 틈새들로
스며들게 한다면, 세계는 그 우주로 인해 터져나갈 것이다.
우주의 크기를 견딜 수 없어서, 우주의 속도를 감당할 수 없어서
폭발하고 말 것이다. 때론 장렬한 폭음과 함께, 때론 요란한
소음과 함께, 또 때론 가랑비처럼 잠잠히, 때론 아무런 소리도
없이. 그리고 그 조각난 세계를 가지고 시인은 다른 세계를

• •
    10. 보들레르, 같은 책, 80쪽.

만들 것이다. 위아래가 조각나 뒤섞여 있고 좌우가 이리저리
교차하는 퀼트 같은 세계를. 혹은 바람이 잘 통하는 열린 세계
를. 적어도 한동안은 그 권태에 대한 증오로 자신을 태우지
않아도 될.

  릴케 또한 세계와 우주가 얼마나 다른지에 대해서 탁월하게
감지하고 있었다. 세계란 우리가 만드는 것이고, 우리의 생각과
감각이 투영된 것이며, 그런 만큼 우리 것이 된 것이다. "우리는
말을 하거나 손가락으로 가리켜 / 세계를 점점 우리 것으로
만들고 있다."(「오르페우스에게 바치는 소네트 1부 XVI」, 부
분)[11] 차라리 뒤집어 말해야 적절할지도 모른다. 세계는 말을
하게 하며 자신이 손가락으로 가리키는 것을 우리 것으로,
우리 자신으로 만들게 하고 있다고. 세계는 우리가 만드는
것이기 이전에 우리를 만드는 것이니까. 어쨌건 세계와 '자아'
는 이렇게 가까워가고 닮아간다. 의자에 맞추어 엉덩이를 뒤로
빼고 척추를 세우는, 의자를 지우면 드러나는 아주 징그러운
포즈가 그렇다. 자신의 '배후'를 전적으로 의자에게 위탁하고
의자에 맞추어 자신을 구부리고, 발을 매단 채 손을 매단 채
이상한 도형이 되어 버린 포즈.

· ·
  11. 릴케, 앞의 책, 512쪽.

곧추세운 등뼈 아래로
엉덩이를 엉거주춤 유지해야 하는
이 포즈는 도대체 무엇입니까

각자의 배후를 전적으로 위탁하는 포즈를
우리는 언제부터 배워야 했습니까
의자에 어울리는 사람이 되기 위해
어디부터 구부려야 했습니까
어디를 숙여야 했습니까

의자를 닮기 위해
발을 매단 채 손을 매단 채
이상한 도형이 되어야 했습니다

침묵하고 있는 이 짐승은 언제 달리기 시작하나요

창밖 난간으로는 발음을 모르는 혀들이 몰려들었습니다
밤의 숲에 가면 뼈의 외침이 나무라는 것을 알게 됩니다
사로잡힌 척 의자에 앉아 우리는 손만 쉴 새 없이 움직입니
다
　한 끼를 위한 너덜너덜한 손의 동작을 왜 멈출 수 없습니까

항문과 입을 동시에 벌리는 법

우리는 어쩌면 이토록 징그러운 동작을 배웠을까요
　　—이원, 「의자에 어울리는 사람이 되기 위해」, 부분[12]

　나와 세계가 가까워가는 만큼 그사이의 거리는 점점 줄어들어 다른 것이 들어갈 여백이나 간극은 사라져간다. 결국 남는 것은 세계다. 세계와 밀착하여 세계와 하나처럼 닮은 우리의 모습이다.

우리는 결코 단 하루도
꽃들이 들어갈 수 있는
순수한 공간을 앞에 두지 못한다. 항상 세계만 있을 뿐.
　　—릴케, 「두이노의 비가: 제8비가」, 부분[13]

　물론 그 세계에 불만을 가질 수도 있을 것이고, 그 세계가 할당한 자리나 그 세계가 부여한 규정이, 열악하고 비참한 처지가 싫어서 그로부터 벗어나고자 할 수도 있을 것이다.

••
　12. 이원, 『사랑은 탄생하라』, 문학과지성사, 2017.
　13. 릴케, 같은 책, 475쪽.

좀 더 나은 자리, 좀 더 좋은 규정을 찾아가고자 하게 될 것이다. 그러나 우리는 홀로 살지 못하고, 나의 생각은 남들이 이해할 수 있는 표현과 내용을 벗어나지 못하며 나의 감각은 대상을 감각하고 포착할 뿐이다. 그러나 어디 그것뿐이랴. 세계에는 그 바깥이 있고, 내가 보는 대상이나 내가 생각하는 것들, 혹은 나의 얼굴마저 파먹어 들어가는 밤이 있다. 어둠이 있다.

오 그리고 밤, 밤, 우주로 가득 찬 바람이
우리의 얼굴을 파먹어 들어가면, 누구에겐들 밤만 남지
않으랴.
— 릴케, 「두이노의 비가, 제1비가」 부분[14]

릴케의 천사들은 이 세계에 있지 않은 것들이다. 시의 천사들은 모두 세계의 바깥에서 온다. 우주의 바람을 타고 와 내 얼굴을 파먹는다. 나로 하여금 스러지도록 나를 껴안는다. 그렇기에 "무섭지 않은 천사는 없다."(「두이노의 비가, 제2비가」)[15]

나와 세계가 그렇게 닮아간다고 해도, 내 안에는 그저 세계만

14. 릴케, 같은 책, 443쪽.
15. 릴케, 같은 책, 448쪽.

가득 차 있는 것은 아니다. 세계가 내 안으로 아무리 강하게 스며든다고 해도, 내 안에는 세계의 바깥이 있다. "내면의 황야, 내면의 원시림"이 있다(「두이노의 비가, 제3비가」).[16] 황야에는 바람이 불기 마련이고 원시림엔 밤과 같은 어둠이 짙게 깔려 있기 마련이다. 나는 그 황야에 사는 '짐승'이다. 언젠가 달리기 시작할. 내가 숨을 쉬는 것은 세계 바깥의 우주에서 부는 바람이 내면의 황야로, 또한 그 반대로 불며 드나듦이다. 내 안의 우주가 세계 바깥의 우주와 교류하고 교신하는 것이다. 시, 시인의 숨결이 다른 어떤 것보다 먼저 그것이라 하겠다. 세계의 '두' 바깥 사이에 진행되는 이 숨결의 교류를 보자면, 나라고 하는 것은 어쩌면 세계의 도장 자국 같은 것이 아니라 두 우주 사이에 오가는 바람의 가락에서, 그 가락을 따라 흔들리며 하나처럼 움직이게 된 신체적 힘들의 구성물이라 해야 하지 않을까? 물결과도 같은 그 숨결들이 쌓이고 집적되어 만들어진 풍흔風痕 같은 것이라 해야 하지 않을까?

숨쉬기여, 너 보이지 않는 시여!
끊임없이 우리의 존재와
순수하게 교류 중인 우주공간이여, 균형이여,

16. 릴케, 같은 책, 454쪽.

나는 그 안에서 가락으로 생겨난다.

단 하나의 물결이여, 나는
그 물결이 이룬 바다
— 릴케, 「오르페우스에게 바친 소네트 2부 Ⅰ」 부분[17]

그러니 모름지기 시인이라면, 우주의 바람을 느끼는 자라면,
오르페우스처럼 명계로, 감히 지옥으로 내려가려는 자라면,
자신 내부의 황야와 우주 사이에서 오가는 이 숨결 속에서
자신이 살아온 것, 자신이 노래한 것, 자신이 상찬한 것 모두를
잊을 줄 알아야 한다. 자신이 느끼지 못하던 것을 느끼고 자신의
바깥에서 오는 숨결들로 하여금 노래하게 해야 한다.

그때 네 목소리가 네 입을 밀쳐 열지라도,— 배워라

네가 노래한 사실을 잊는 법을. 그것은 사라진다.
진실로 노래하는 것은 다른 숨결이다.
무를 싸고도는 숨결. 신 안에 부는 바람. 한 줄기 바람.
— 릴케, 「오르페우스에게 바치는 소네트 1부 Ⅲ」 부분[18]

* *

17. 릴케, 같은 책, 522쪽.

그렇게 "그대를 생각하지 않는 숨결 속으로 들어가"야 한다
(「오르페우스에게 바치는 소네트 1부 IV」). 그 숨결을 따라
우주 속으로, 세계의 바깥으로 나갈 줄 알아야 한다. 오르페우
스는 그 숨결을 세계에 토하는 자다. '멋진' 노래로 세계를
감동시키는 자가 아니라, 우주의 숨결로 숨 쉴 줄 알고, 자신이
알지 못하던 노래로 세계를 흔들어 놓을 줄 아는 자다.

5. 세계 안에 있는, 세계의 바깥

어느 세계인들 별이 없으랴! 세계의 하늘엔 어디나 별들이,
아름다운 신화적 상상을 담은 별자리가 가득하다. 그래서 우리
는 대개 별이 빛나는 하늘을 세계의 멋진 천정으로 삼고 잠든다.
별들을 쫓으며 우주를 떠도는 꿈을 꾼다. 그러나 사실 우주는
별들로 채워진 성좌가 아니라 별들 사이의 허공이다. 그 허공에
부는 바람이다. 별들 너머, 별들의 저편이다. 우주의 바람은
별들마저 날려 보낸다. 바람이 세게 불면 별들이 떨어진다.
있던 자리에서 벗어나 엉뚱한 곳에 처박힌다. 그렇게 사라진

• •
18. 릴케, 같은 책, 502쪽.

자리 인근에 다른 별이 나타난다.

그렇게 떨어지는 별들은, 별을 보며 꿈을 꾸고 별을 따라 걷던 이들 머리 위로 떨어진다. 별이 크고 소중했던 만큼, 바로 그만큼 별은 자신을 따르던 이들을 다치게 한다. 죽게 하기도 한다. 별이 떨어지면 길을 잃고 헤매는 이들은 우주의 밤 같은 어둠 속으로 들어간다. 어둠의 심연, 망망한 바닷속으로. 바다는 대지 위에 펼쳐진 우주다. 대지 위의 세계를 둘러싼 카오스다. 별들 저편의 우주와 하나로 이어진, 세계의 바깥이다. 그 어둠 속에서 별을 잃은 자는 다시 길을 찾는다. 다른 삶으로 난 출구를, 다시 삶을 살게 해줄 별을 찾는다. 대지를 벗어나 바다로 간다. 하늘엔 별이 있듯, 바다에는 물고기가 있다. 고래같이 치명적 매혹의 힘을 가진 물고기가 있다. 커다란 부레로 수면 위로 떠오르는 물고기가 있다. 별을 잃고 바닷속에 빠져 버린 자는 물고기를 따라간다. 물고기를 따라 하늘로 간다. 추락한 별의 자리에 다시 별 하나 올려놓고자. 아마도 그 별은, 달이 대기를 모아 하나의 달무리를 만들 듯, 우주의 바람을 모아 그 인근에 또 하나의 세계를 만들 것이다. 그리고 그 별을 보고 찬탄하며 그 별을 따라 걷는 이들이 생겨날 것이다. 하지만 다시 거세게 우주의 바람이 불면, 그 바람이 별의 빛을 파먹어 들어가고 그 별을 가볍게 날려버리면, 그 별 또한 추락할 것이다. 그 별을 따라 걷던 이의 머리 위에 떨어질 것이다. 그리고 ….

우주의 바람을 보았음일까? 우주와 바다, 그리고 그 사이에 서 별을 따라, 물고기를 따라가는 사람의 이 우주적 순환에 대해, 영원히 반복될 것 같은 이러한 순환에 대해 진은영은 이렇게 적는다.

해왕성 건너 명왕성 건너
밤
하늘에 사는 물고기

아가미 열릴 때마다
별 떨어집니다, 떨어지는 것은
날카롭습니다

한 여자 맞습니다
흰 목덜미가 길고 붉게
잘렸습니다 사람들이 몰려옵니다
메고 가서 바다로 던집니다

목을 베인 그 여자, 아가미 얻었습니다
부레 가득히 공기를 채워

밤하늘 위로 떠오릅니다
헤엄치다 건드립니다

또 한 사람 맞습니다
별에 맞아 죽습니다

— 진은영, 「별은 물고기」 전문[19]

다음 시집 『우리는 매일매일』의 시 「물속에서」는 이렇게
별에 맞아 죽어 바다에, 우주의 물속에 내던져진 사람에게
물속에서 일어날 일에 대해 쓴 것처럼 보인다.

가만히 어둠 속에서 누군가를 기다리는 일
내가 모르는 일이 흘러와서 내가 아는 일들로 흘러갈 때까지
잠시 떨고 있는 일
나는 잠시 떨고 있을 뿐
물살의 흐름은 바뀌지 않는 일
푸르던 것이 흘러와서 다시 푸르른 것으로 흘러갈 때까지
잠시 투명해져 나를 비출 뿐
물의 색은 바뀌지 않는 일

· ·
19. 진은영, 『일곱 개의 단어로 된 사전』, 문학과지성사, 2003, 44쪽.

(그런 일이 너무 춥고 지루할 때
내 몸에 구멍이 났다고 상상해볼까?)

모르는 일들이 흘러와서 조금씩 젖어드는 일
내 안의 딱딱한 활자들이 젖어가며 점점 부드러워지게
점점 부풀어오르게
잠이 잠처럼 풀리고
집이 집만큼 커지고 바다가 바다처럼 깊어지는 일
내가 모르는 일들이 흘러와서
내 안의 붉은 물감 풀어놓고 흘러가는 일
그 물빛에 나도 잠시 따스해지는

그런 상상 속에서 물속에 있는 걸 잠시 잊어버리는 일
— 진은영, 「물속에서」 전문[20]

   앞서 본 릴케의 시가 탁월한 것은 세계를 빗겨나 우회하는
우주와 나의 교류를 '숨쉬기'라는, 매 순간 반복하는 행위에서
발견한다는 점일 게다. 저 바깥의 우주와 내면의 원시림이

20. 진은영, 『우리는 매일매일』, 문학과지성사, 2008, 52~53쪽.

교류하는 놀라운 사건은 숨을 쉬는 매 순간 일어나는 일이며, 그렇게 숨을 쉬는 모든 생명체가 경험하는 것이다! 생명체의 존재 자체와 외연을 같이 하는 것이다. 또한 그것은 우리가 매일 대면하는 세계를 벗어난 어디에서 이루어지는 것이 아니라, 그 세계 안에서 진행되는 매일 매 순간의 삶 안에서 이루어지는 것이다. 세계의 바깥은 우리가 '세계'라고 알고 있는 곳의 공간적 외부, 그 세계 안에서 만나던 것들이 사라져 없는 부재의 공간이 아니라, 그 세계 안에서의 매 순간의 삶 속에 있다. 세계 안의 어디에나 있다. 세계 안에 태어나고 세계 안에서 살아가며 세계 안에서 느끼고 생각하는 우리가 명왕성 해왕성 저편의 우주와 진화의 시간을 따라 저 멀리 두고 떠나온 바다 사이를 이렇게 순환할 수 있는 것은 바로 이 때문이다.

우주는 세계의 바깥이지만, 세계 밖에 있지 않다. 더 정확히 말하면, 우주는 세계 밖에도 있고 세계 안에도 있다. 존재하는 것은 사실 온통 우주다. 세계란 그 우주의 일부를 접어서 만든 하나의 종이배 같은 것이다. 그렇기에 세계 안에서 바깥을 보는 이는, 바로 그 세계 안에서 자신이 사는 세계가 달라짐을 본다. 인간보다 먼저 있던 바다뿐 아니라 인간이 만든 정원 속의 연못 또한 하나의 세계가 침수하며 가라앉는 심연일 수 있다. 김행숙은 연못가에서 그것을 본다.

연못가에 쪼그리고 앉아 있으면 세계의 차원이 바뀌는
순간이 온다. 친구여, 식물세계에서 약을 찾는, 제약회사에
다니는, 밤잠이 줄어드는, 점점 줄어들어서 언젠가 없어지는
순간이 올 거라고 말하는.

인간은 정원을 만들고, 연못을 파고, 두 개의 삶 중에서
하나는 숨기고, 하나는 수면에 젖는 종이배 같은.

무역회사에 다니다가 보험회사에 다니다가, 집에서 노는
친구여, 연못가에 쪼그리고 앉으면 눈빛이 몽롱해지는 친구
여, 우리는 제한적이다, 저 잉어가 그리는 삶의 둘레처럼.
그러므로 비밀이 필요한 우리는 서로의 혀를 깨문다.

연못을 한 바퀴 돌고, 하릴없이 다시 한 번 연못가를 거니는
동안, 세계가 변했거나, 내가 바뀌었거나, 보이던 게 안 보이고,
안 보이던 게 보인다. 이를테면 수면에 뽀글거리는 거 기포들,
구멍들. 누구, 누구의 입술이 밤새 끓고 있는가?
— 김행숙, 「연못의 관능」 전문[21]

21. 김행숙, 『에코의 초상』, 문학과지성사, 2014, 22~23쪽.

정원 속의 연못, 인간이 만든 세계의 일부다. 그렇게 세계를 만든다는 것은 우주의 대기를 접어 물에 젖는 종이배를 만드는 것이고, 동시에 카오스의 우주를 그 배의 주름 속에 감추는 것이다. 무역회사, 보험회사, 제약회사를 다니는 친구는 세계 안에서 주어진 삶을 사는 우리 모두일 것이다. 빛을 따라다니며, 어둠이 숨은 곳마저 빛을 비추어 찾을 수 있다고 믿는, 그리하여 밤이, 밤잠이 없어질 때가 올 거라고 믿는 이들. 그러나 그런 우리조차 간혹 연못가에 앉으면 눈빛이 몽롱해지며 세계의 차원이 바뀌는 것을 경험한다. 잉어가 그리는 삶의 둘레 같은 제한 밖으로 벗어나, 세계가 변하는 것을 본다. 보이던 것들이 사라지고 안 보이던 것들이 나타나는 경험을 한다. 세계의 주름 속에 숨긴 우주가 바람이 되어 새어 나오는 것이다. 주름 사이 접혀 들어간 어둠 속에서 다른 세계가 출현하는 것이다.

세계란 확실한 만큼 확고해 보이지만, 실은 수면 위의 종이배 처럼 약간의 침수만으로도 망가지고 가라앉으며 사라질 수 있는 것이다. 삶이란 세계 안에서 시작하고 그 세계의 별을 따라, 그 세계 안의 길을 따라가는 것이지만, 이처럼 그 세계에 서 벗어나는 것이기도 하다. 별이 떨어질 때, 우리는 그 별빛 때문에 보이지 않던 것들을 보게 된다. 이런 이유에서 김행숙은 말한다. "세계와 인생은 다른 건데, 세계관과 인생관은 비슷한 말 같습니다."(「아, 서사극」)[22] "학원에서 한 달 배운 외국어로 말하는 것" 같은 이런 말 때문에 우리는 인생이, 나의 삶이 세계를, 주어진 세계를 사는 것이라고, 그 세계 안에 난 길을 따라가는 것이라고 오인한다. 그런 오인 덕에 세계는 '확고'할 수 있다. 반사된 빛으로 종이배임을 감추고 바로 밑에 맞닿은 물의 침수를 모면할 수 있다. 세계를 전복하겠다는 "지하조직의 감수성"은 보이던 것이 안 보이고, 안 보이던 것이 보이는 감각의 변화, 즉 "감수성의 지하조직"을 통해서만 가능하리라는 생각은 이와 무관하지 않을 것이다. 콩 심은 데 콩 나고 팥 심은 데 팥 난다는 걸 확신하는 이들, 확고한 것, 근거 있는 것을 추구하는 이들은 "땅을 죽도록 파봐라, 물이 나오나? 백동전이 나오나?"라고들 하지만, 세계의 차원이 달라지고 안 보이던 것이 보임을 경험한 시인은 이렇게 말한다. "나올 수도."(「아, 서사극」)

그러나 세계를 벗어나려는 이러한 시도가 사람들의 소란을 피해 가려는 일은, 혹은 세계가 사라진 곳에서 세계의 바깥을 찾으려는 일은 시인들에게도 쉽게 일어나는 일이다. 그래서 세계의 바깥을 찾아 사람들이 없는 곳으로, 숨을 쉬는 매 순간의 일상적 삶이 아니라 숨을 그쳐 죽은 자들만 있는 곳으로 나가기도 한다. 아주 극단적인 상상이지만, 사실 헤어진 사람으로

• •
22. 김행숙, 같은 책, 34쪽.

인해 밖으로 나가게 된 이들, 이별의 고통을 죽음 같다고 느끼는
이들에겐 흔히 일어나는 일이고 아주 통념적인 상상이다.

밖으로 나가자 그렇게 말한 건 헤어진 사람
밖으로 나가니 끝이 보이지 않는 얼음 평원이 있었다

거기서 죽은 물새 떼를 보았다 죽은 군함도 보았다
그렇구나, 이건 내 꿈이구나

나는 깨달았지만
여전히 끝이 없는 얼음 평원이 있었다

나는 죽지도 않고
거기서 오래 살았다

누군가의 손에 들린 죽은 바다가 있었다

잠에서 깨어났을 때는 헤어지지 않는 사람
바위게 한 마리가 발등을 물었다

—황인찬, 「항구」 전문[23]

끝없는 얼음 평원, 거기선 물새 떼도 죽어 있고 군함도 죽어 있고 바다마저 죽어 있다. 산 것이라곤 아무것도 없는 거기서 그는 죽지도 않고 오래 살았다. 잠에서 깨어나 돌아온 세계에도 그에게 있는 것은 바위게 한 마리뿐이다. 세계의 바깥을 죽은 것들만 있는 곳에서 보는 이가, 사람이 살지 않는 곳에서 편안함을 느끼는 것이나, 죽은 사람, 즉 귀신들이 보고 인사하지만 서로를 알아보지 못함에서 상냥함을 느끼는 이는 아마도 죽은 이로서 사는 그런 삶이야말로 살아 있는 것 같다고 느낄 것이다. 이것이 그가 느끼는 다른 감수성이다. 아마도 옆에 있는 산 자들에게선 불편함밖에 느끼지 못했을 사람이 이곳에선 죽은 사람과 밥 한 그릇이라도 나누어 먹어야 느끼는 것 역시 감수성의 바깥을 '바깥'의 감수성으로, 외연적인 바깥의 감수성으로 오인하는 이런 감각과 무관하지 않을 것이다. '아니오'를 따라가는 부정적 사유가 어쩌면 가장 빨리 찾아내는 세계의 바깥이 이런 것 아닐까?

사람이 살지 않는 곳이다
이곳은 따뜻한 성질을 지니고 있다
여기서 나는 밥을 먹고, 불을 피우고, 눈을 뜨게 된다

<hr>

23. 황인찬, 『구관조 씻기기』, 민음사, 2012, 41쪽.

먼 곳에서 들려오는 북소리, 거기에 끌려 여기에 온 것
같다

죽은 사람이 나를 보고 수인사하지만 나는 그를 모르고
그도 나를 모르겠지 이곳의 상냥함이
계속 나를 편안하게 만든다

너는 내 몸이 아니구나, 아니구나 내 몸이구나

나는 오늘도 밥상머리에서 떠올린다
이듬해 구름이 미리 흐른다

밥을 먹으면 그것을 치우고, 잠에서 깨어나면 자리를 치운
다
이곳에서는 나도 살아 있는 것 같다
살아서, 무엇이라도 먹어 치울 수 있을 것 같다

먹으면 몸이 따뜻해지니까, 나는 밥을 먹게 되고, 불을
피우게 되고, 눈을 감게 된다

죽은 사람과 밥 한 그릇도 나눠 먹어야지

이곳은 빛이 꺾여 들어오는 방이다
비가연성의 캄캄함이 겨울에도 내려온다

— 황인찬, 「목조건물」 전문[24]

　세계의 바깥은 어디에나 있다. 우주의 대기가 있는 곳이라면
어디나 세계의 바깥이 있다. 내 신체의 내부, 그 황야 같고
원시림 같은 내부에도 있다. 그것은 또 세계 안에도 있다.
그렇기에 세계의 바깥을 찾아 세계의 바깥으로 나가는 것은,
세계가 없는 곳, 사람들도 없어 아무 일도 일어나지 않는 곳으로
나가는 것은 매우 어리석은 일이다. 그러나 사실 아주 흔히
일어나는 일이다. 그런 점에서 그런 바깥은 실은 바깥이 아니라
세계의 짝이라고, 세계의 그림자요 세계의 음각화라고 해야
한다. 죽음에서 생명의 바깥을 찾는 것은 누구나 하는 안이한
일이다. 죽음은 생명 안에 있고, 생명의 조건이다. 바깥은 어디
에나 있다. 그렇기에 우리는 어디서든, 또한 누구든 세계의
바깥을 찾을 수 있고 그 바깥으로 나갈 수 있다. 어쩌면 세계의
바깥에 대해 말하는 것보다 더 어렵고 중요한 것은 그 바깥이

24. 황인찬, 같은 책, 30~31쪽.

어디 따로 없음을, 어디에나 있음을 말하는 것 아닐까?

6. 영혼들의 우주

1) 영혼들의 다양체

우주는 어디에나 있다. 우주는 내 안에도 있다. 자기 나름의 의지와 충동을 가진 수많은 기관이나 세포, 혹은 그 이하의 분자적 신체들로 우리의 신체는 가득 차 있다. 그들은 그들 나름의 지각 능력을 갖고 그들 나름의 의지에 따라 판단하고 행동한다. 우리의 신체는 미시적 충동들, 미시적 욕망들로 가득 찬 장대한 우주다.[25] 그러나 이는 '영혼'이라는 관념, '자아'라는 틀에 갇혀, 그리고 그것을 알아보지 못하는 우리

---

25. 우리 안에 보이지 않는 거대한 영혼의 우주가 있음을 가장 먼저 지적했던 것은 아마 수행자의 '눈'으로 신체를 주시하고 관찰했던 유식학파의 불교도들이었다. 아상가(무착)와 세친(바수반두)은 이를 이론화했던 가장 초기의 인물들이다. 그들은 우리의 신체 안에 미시적 식(識)들의 거대한 우주가 있음을 보았고, 이를 '숨어 있음'과 '잠재성'을 표시하는 '알라야식'이라는 말로 개념화했다. 니체 또한 의식이 알지 못하는 수많은 미시적인 힘과 의지들이 신체 안에 넘쳐나고 있음을 간파했는데, 이를 '충동'들의 우주로 개념화했던 것은 클로소프스키였다(『니체와 악순환』, 조성천 옮김, 그린비, 2009). 들뢰즈는 이를 '애벌레 주체'라는 익살스러운 말로 개념화한 바 있다(『차이와 반복』, 김상환 옮김, 민음사, 2004).

자아들의 무능력 때문에 망각된 상태로 있다. 의식이나 지성은 그것을 보지 못하며, 심지어 감각조차 그것을 감지하기 어렵기에. 하지만 섬세한 감각을 가진 시인은 안다. '나' 안에 어떤 낯선 것들이 존재함을. 그 낯선 것이 하나가 아님을. 가장 섬세한 감각을 가진 시인이라면 알 것이다. 장대한 우주가 '나'라고 불리는 것 안에 존재하고 있음을. 누구보다 이를 예민하게 포착했던 것은, 스스로 수많은 이름의 '나'들을 살았던 페소아였을 것이다. 라카르두 레이스라는 이명異名으로 쓴 한 송가에서 그는 이렇게 쓴다.

셀 수 없는 것들이 우리 안에 산다.
내가 생각하거나 느낄 때면, 나는 모른다
생각하고 느끼는 사람이 누군지.
나는 그저 느끼거나 생각하는
하나의 장소.

나에게는 하나 이상의 영혼이 있다.
나 자신보다 많은 나들이 있다.
그럼에도 나는 존재한다
모든 것에 무심한 채.
그들이 입을 다물게 해 놓고, 말은 내가 한다.

내가 느끼거나 느끼지 않는

엇갈리는 충동들이

나라는 사람 안에서 다툰다.

나는 그들을 무시한다. 내가 아는 나에게 그들은

아무것도 불러주지 않지만, 나는 쓴다.

— 페소아, 「셀 수 없는 많은 것들이 우리 안에」 전문[26]

　수많은 충동들이 '나'라고 불리는 것 안에서 다투고 있고, 그것들로 직조되는 수많은 나들이 '나'라고 불리는 무심하고 무감각한 것 안에 있다. 그런 나만큼 많은 영혼들이 있다. 비록 그 모두를 지우고 오직 하나의 '영혼'만이 있다고들 믿고 있지만. 나는 그 많은 영혼들의 다양체다. 그때마다 나서고 물러서는 것이 달라지고, 때로는 교차하며 섞이고 멱살 쥐고 싸우는, 저 영혼들이 만들어내는 수많은 얼굴의 나가 있다.

　이 영혼들 가운데 어떤 것이 진짜 나일까? 모두가 진짜다. 잠시 머물다 사라지는 영혼일지라도 그 모두가 진짜 나다. 하지만 '나'는 자신이 '나'라는 믿음과 생각으로 인해 이 많은 영혼들이 만나고 흩어지는 놀이를 보지 못한다. 영혼의 다양체

　26. 페소아, 『시는 내가 홀로 있는 방식』, 김한민 옮김, 민음사, 2018, 181쪽.

가 만들어내는 숱한 놀이는 우주라고 할 만큼의 폭을 갖지만, '나'는 그것을 알지 못한다. 다만 '내'가 느낄 수 있는 한에서 '나'의 감정, '나'의 느낌, '나'의 얼굴로 지각된다. 하나의 감정, 하나의 느낌, 하나의 얼굴. 따라서 그 영혼의 다양체는 다름 아닌 나이지만, '나'의 지성, '나'의 의식을 벗어나 있다. 또한 '나'의 의지나 인식을 벗어나 있다. '나'는 나를 알지 못한다. 나는 '내'가 아는 것에서 벗어나 있다. 페소아가 내 안에 아지랑이, 안개 같은 것이 있다고, 이로 인해 어떤 것도 확실하게 보이지 않는다고 느끼는 것은 이 때문일 터이다.

> 내 안에 아지랑이 같은 게 있어
> 그것은 아무것도 아니고
> 대상 없는 그리움을 품지도 않고,
> 그 어떤 좋음에 대한 바람도 없지.
>
> 난 마치 짙은 안개 같은
> 그것으로 둘러싸여 있어
> 그리고 마지막 별이 빛나는 게 보여
> 내 재떨이 끄트머리 위에서.
> ─페소아, 「내 안에 아지랑이 같은 게」 부분[27]

그 불확실한 대기들 속에서 '나'는 언제나 '별'을 찾고, 별을 따라간다. '좋음'이나 '그리움'이란 그 별에서 나오는 빛일 것이다. 모호함과 불확실성의 대기 속에서 확실하다고 믿어지는 것, 그래서 모호함 속에 있는 수많은 것들을 보지 않게 하고, 다른 삶의 가능성을 잊게 하는 것. "온 세상이 미지의 언어로 내게 미소지으며 / 펼쳐져 있는 한 권의 커다란 책"임에도 그 빛나고 확실한 것을 따라가며 우리는 우리의 삶을 담배 피우듯 소모한다. "난 인생을 피워버렸어. 내가 보고 / 들은 것 전부 얼마나 불확실한지!"(「내 안에 아지랑이 같은 게」)

페소아는 밝고 빛나는 것들, 세계가 나누어 준 삶을 그대로 받아 사는 것을, 동일한 존재로 삶을 지속하는 것에 대해 보들레르처럼 권태를 느낀다. 그 권태는 자신을 가둔 세계로부터 벗어나 탈주하게 한다. 다른 삶을 향해, 다른 세계를 향해. '나' 안에 존재하는 수많은 나들, 아지랑이나 안개처럼 모호한 대기는, '나' 안의 장대한 우주는 탈주자에게 열린 다른 가능성들의 세계. 그런 나들을 찾아 그 동일한 존재 안에 가두려는 '나'의 '영혼'을 피해 그는 도망친다. 그것이 제대로 사는 길임을 그는 안다.

..

27. 페소아, 『내가 얼마나 많은 영혼을 가졌는지』, 김한민 옮김, 문학과지성사, 121쪽.

나는 탈주자.
태어나자마자
그들은 날 내 안에다 가뒀지.
아, 그러나 난 도망쳤어

사람들이 만약
같은 장소를 지겨워한다면
같은 존재는 어째서
지겨워하지 않는가?

내 영혼은 나를 찾아다니지만
나는 숨어서 피해 다닌다.
바라건대 그것이 절대
날 찾지 못하기를

하나로 존재한다는 건 사슬.
나로 존재한다는 건, 존재하지 않는 것.
나는 도망치며 살겠지만
제대로 산다.

—페소아, 「나는 탈주자」 전문[28]

탈주한다는 것은 아지랑이와 안개 낀 대기 속으로 숨는 것이다. 영혼들의 숨바꼭질을 하는 것이다. 영원한 술래의 운명을 타고난 '나'를 부르는 술래잡기 노래를 하며, 안개 뒤의 어둠 속으로 도망치는 것이다. 영혼들의 숨바꼭질이란 모호함과 불확실성의 대기 속으로 그 '나'를 불러들이며 숨는 놀이다. '하나'의 사슬에 매인 '나'로 하여금, 사슬의 끝이 어디인지 시험하게 하는 것이다. 그 끝에서 사슬이 풀어질 때 어떤 일이 벌어지는지 시험하게 하는 것이다. 그럼으로써 나를 하나로 고정하는 저 지겨운 동일성의 사슬을 풀고 너른 벌판으로 달리게 하는 것이다.

2) 얼굴들의 숨바꼭질

이 같은 영혼들의 숨바꼭질을 시인들은 자주 얼굴들의 숨바꼭질로 바꾼다. 특히 『이별의 능력』에서 김행숙은 얼굴들의 숨바꼭질을 누구보다 넓게 펼쳐 놓는다. 그가 이 숨바꼭질을 위해 즐겨 선택하는 것은 해변이다. 해변이란 바다에 잇닿은 땅이다. 얼굴을 파먹는 우주의 바람처럼, 파도가, 바닷물의 춤이 땅에 새겨진 모든 것을 파먹고 지워 버리는 곳이다. 얼굴을

• •
28. 페소아, 같은 책, 96쪽.

그리지만 어느새 지워지고, 다시 그리지만 또다시 지워지는
놀이의 공간이다. 그 해변에서 보는 얼굴은 온통 넘치고 꼬부라
지고 알지 못할 표정이며 무언가 남아도는 것이 있는 듯한
얼굴이다.

　　얼굴로부터 넘친 얼굴,
　　나는 당신이 모르는 표정을 짓지만

　　내 얼굴엔 무언가 빠진 게 있을 거야.

　　코로부터 넘친 코, 코에서 코까지 앞만 보고 달려가면 결국
코가 없고
　　귀로부터 넘친 귀, 귀에서 귀까지 귀를 막고 뛰어가면 세상
은 온통 귓속 같고
　　입을 꽉 다물면 이빨은 자라지 않고, 편도선은 부풀지 않는
가. 거품은 일지 않는가.

　　사진 속의 파도처럼 내 혀는 꼬부라져 있네.
　　얼굴을 침실처럼 꾸미고, 커튼을 내리고, 나는 혀를 달래서
눕히네. 나는 사탕 같은 어둠을 깔고

나는 당신이 모르는 표정을 짓지만

내 얼굴엔 무언가 남아도는 게 있을 거야.

— 김행숙, 「해변의 얼굴」 부분[29]

이렇게 제멋대로인 얼굴, '베란다같이, 해변같이, 모래알같
이 꾸미고' 설치는 얼굴들에 놀라 '나'는 얼른 달래서 눕히지만
어느새 '모르는 표정'이 된다. 넘치고 달아나는 얼굴들은 굳이
어느 하나를 놀리고 술래로 만들려는 마음도 없다. 그저 신이
나서 넘쳐날 뿐이다. 그러나 끊임없이 명멸하는 이 놀이를
견디지 못하는 것이 있다. 그것들을 붙들어 발산하지 못하도록,
하나의 '통일성'을 갖도록 하려 하고, 자신을 둘러싼 것들에
맞추어 그것들을 정리 정돈하려는 자가 그것이다. 이런 자는
필경 술래가 된다. 그 앞에서 넘쳐나고 명멸하는 것들은 모두
그에게는 놀리고 도망치는 것, 숨는 것이 되기 때문이다.

투시불가능한 피부에 대하여

너는 어떤 가능성으로 도달하는가

너의 얼굴이 일그러진다

· ·

29. 김행숙, 『이별의 능력』, 문학과지성사, 2007, 14쪽.

너는 무슨 표현을 하는가

얼굴을 벗어나는 얼굴은 유령처럼

없는 듯하고

무해하고

놀라운 것이다

비명을 지르며 너의 놀람을 표시했을 때

너를 놀리며 달아나는 꼬마들도 없을 때

너는 조용해지고

세계는 단순한 윤곽을 드러낸다

뼈처럼

― 김행숙, 「검은 해변」 부분[30]

　여기서 '너'는, "놀리며 달아나는 꼬마들"이란 말로 보건대 숨바꼭질의 술래다. 자신이 '나'라고 믿는 자, 흔히 '자아'라고 불리는 자다. '얼굴을 벗어나는 얼굴', 혹은 '얼굴로부터 넘친 얼굴'(「해변의 얼굴」)들이 놀리며 달아나는 술래, 그래서 그것들을 찾아 자기 안에 자리를 찾아 주려는 자다. 그러려면 그 모든 얼굴들을 근거 짓고, 그 모든 얼굴들을 하나로 모아 통합할

••
30. 김행숙, 같은 책, 16쪽.

어떤 것을 찾아야 한다. '검은 해변'에서 이 술래가 찾는 것은 무엇보다 이 실체와도 같은 얼굴이다. 그 어떤 얼굴도 아니고, 그 어떤 얼굴로도 충분히 드러나지 않는 '투시불가능한 피부'. 이 '너'는 바로 거기에 도달하고자 한다. 거기 도달할 가능성을 찾는다. 그러나 그게 쉽지 않은 듯하다. 아니 실은 가능할 리 없다. 그런 건 없기 때문이다. 그래서 '너의 얼굴이 일그러진다'. 제멋대로 달아나는 얼굴들은 유령처럼 없는 듯하고, 반복되는 그 놀람 속에서 '너'가 조용해질 때, 세계는 단순한 윤곽을 드러낸다. 자아를 떠받치는 뼈, 그건 세계가 그러낸 윤곽이다. '자아'란 사실 내가 아니라 세계라는 말이다. 그것이 '자아'라고, '나'라고 우기고 있는 것이다. 이게 얼굴들의 숨바꼭질에서 시인이 찾아낸 것이다.

이러한 얼굴의 놀이 속에서 술래가 찾아낸 것은 얼굴이 아니라 뼈다. 그러나 그것은 '나' 아닌 세계에 속하는 것이니 도망친 어떤 얼굴도 못 찾은 셈이다. 이렇게 되면 심지어 가까이 있던 얼굴마저 도망치고 만다. 그런 얼굴들이 달라붙고 뒤섞일 때, 얼굴들은 이제 알아볼 수 없는 것이 된다. 얼굴이길 그친 얼굴, 더 이상 얼굴이라 할 수 없는 얼굴이 된다. 아무리 고치려고 해도 고칠 수 없고 아무리 되돌리려 해도 되돌릴 수 없는 얼굴이 된다. 세계의 뼈대를 벗어난 얼굴들의 난무. 이를 김행숙은 '얼굴의 몰락'이라고 명명한다.

전우처럼 함께했던 얼굴은 또 한 명의 전우처럼 도망쳤다.
끝을 모르는 고요한 밤의 살갗 속으로

그리고 다시 얼굴이 달라붙을 때의 코는 한없이 옆으로
퍼져 있었다. 귀는 늘어져서 이어지는 꿈과 같았다. 비누칠을
해서 꿈을 씻어내도 얼굴의 높이는 돌아오지 않았다.
— 김행숙, 「얼굴의 몰락」 부분[31]

얼굴의 몰락, 아마도 그것은 얼굴들이 얼굴이라 하기 힘든
변형의 다양체를 이루며 흘러가는 것일 터이다. 확고한 얼굴,
확실한 근거로서의 뼈대를 찾고, 그것을 통해 얼굴의 통일성을
찾고자 하던 시도는 이 몰락과 함께 끝난다. 얼굴들의 숨바꼭질
은 "햇빛이 비추는 거리의 닳은 구두코", 빛의 세계를 걷는
그런 "신발을 신은 사람들"이 "늪처럼 발부터 빠"지는 해변의
놀이다.
　'나'라는 장소 안에 떠도는 영혼은 얼굴보다 많다. 그 영혼이
란 기관이나 조직, 세포 속을 맴돌며 생겨나고 사라지는 반면,
얼굴은 아무리 순간적인 것이라도, 아무리 일그러진 것이라도

31. 김행숙, 같은 책, 25쪽.

유기체 전체에 속하는 것이기 때문이다. 위장의 영혼은 있을 수 있지만, 위장의 얼굴은 없다. 위장의 영혼이 만든 얼굴, 혹은 그것이 섞여 들어간 얼굴이 있을 수 있을 뿐이다. 베이컨의 그림에서 보이는 고기 반죽이 된 얼굴조차, 여러 부분들이 혼합되어 하나의 얼굴을 이룬다. 얼굴의 조각들은 얼굴의 일부일 뿐이지 얼굴이 되지 못한다. 따라서 얼굴은 유기체와 대응하는 1이라는 최솟값을 갖는다. 하나의 유기체는, 가령 '나'는 가능한 수만큼의 정숫값을 갖는 얼굴을 갖는다. 반면 각각의 영혼들은 1 이하의 값으로 내려갈 수 있고, 또 1 이상의 값을 가질 수 있지만, 어느 것도 정수값이어야 할 이유는 없다. 그 영혼은 상관적인 신체와 결합하여 '사람'을 형성한다. 신체 또한 세포 이하의 수준으로까지 분할 가능한 부분들의 집합체이며, 부분화된 신체는 영혼과 결합하여 그 영혼의 크기만한 '사람'이 된다. 영혼에 의해 움직이고 작동하는 신체가 된다.

얼굴들의 숨바꼭질을 하면서 이를 깨달았던 것일까? 김행숙은 얼굴들의 숨바꼭질에서 이제 유기체보다 작은 사람들의 숨바꼭질로 넘어간다. '소수점 이하의 사람들'이 있음을 발견하고 그것들의 운동을, 그 궤적을 따라간다. 이를 명시적으로 다룬 「소수점 이하의 사람들」에서 그는 6개의 숫자를 들어 사람 내지 사물을 다룬다. 첫째 편인 '세 번째 방문'의 주인공은

0.4, "몹시 기억력이 나쁜 사람"이다. 여기서 0.4라는 숫자는 반올림하면 지워지는 숫자다. 나쁜 기억력 때문인지 나는 그를 찾아왔지만, 심지어 "나는 고백하"지만 "그는 지"운다. 그렇게 한쪽이 지우면 다른 쪽도 지우는 게 관계다. 그러니 나 또한 잠이 들듯 그를 지울 것이다. 둘째 편 '우리들의 약속'의 주어는 0.5. 역시 0.5인 쌍둥이 동생과 정확하게 반분된 사람이다. 그가 "내 이름을 걸고 약속을 하는 바람에 나는 배신자가 되었다." 팽팽하여 다투고 화해하고 하기를 반복하는 관계다. 셋째 편 '0.0을 향하여'는 각자 걸어가는 이별을 통해 관계가 소멸해가는 것을 표시한다. 넷째 편 '요양소의 창문'에서는 그 창문이 0.8이라고 한다. "환자들은 요양소를 통해 요양의 의미를 터득한다." 환자란 신체의 일부가 상한 사람이고, 요양이란 그 상한 부분을 복원하는 과정이다. 환자란 1 이하의 사람이지만 요양을 통해 1로 반올림될 사람이기에 그들이 내다보는 창문을 0.8로 표시한 것일 게다.

다섯째 편은 '해변의 얼굴'이다. 앞서 본 얼굴들의 숨바꼭질과 이어져 있음을 표시하는 제목이다. 넘치고 꺾이고 하는 얼굴의 놀이와 관련된 것이다. 여기에는 숫자는 없고 시는 1행뿐이다. "녹아내리는, 끝없이 다가오는, 웅웅웅웅 끓어오르는," 녹아내리는 얼굴은 사라질 테니 0.0에 다가가겠지만 끝없이 다가오는 얼굴은 점점 커질 테니 1.0에 다가갈 것이다.

끓어오르는 것은 어떻게 하느냐에 따라 소멸과 탄생 사이의 어떤 값을 가질 것이다. 녹아내리고 다가오고 끓는 것 같은 변화와 생성은 반올림할 수 있는 하나의 숫자로는 그것의 현재도 미래도 표시할 수 없다. 숫자가 없는 것은 이 때문일 게다. 여섯째 편 '0.01'은 아주 작은 숫자다. 길에 쓰러져 있는 사람, 흙장난하는 아이들이 모으는 흙처럼 하나로서는 무시되거나 의미를 갖지 못하는 미소한 것을 표시한다.[32] 아무것도 아닌 사람들.

이 시에서 소수점 이하의 사람은 유기체의 크기보다 물리적으로 작은 사람을 뜻하지 않는다. 사람들의 '가치'를 표시하거나 그와 결부된 관계, 그 관계 속에서 어떤 이의 '크기'를 표시한다. 유기체 이하의 사람들을 말 그대로 소수점 이하의 크기로 다루는 것은 이 시보다는 오히려 바로 그 앞에 있는 시 「더 작은 사람」이다. 어떤 영혼의 충동질 때문이었을까? 이 시에서 '나'는 더 작아지려는 자다. "작아지기 시작할 때까지만 작아지려고 해요." 그러나 일단 "작아지기 시작하면 시작된 거"다. 1.0의 유기체 이하, 어떤 크기로도 작아질 수 있다. 작아지기 시작한 영혼은 "작은 사람, 더 작은 사람"이 되겠지만, 거기서 그치지 않는다. 가령 허파꽈리 수준으로 작아진 것은

· ·
32. 김행숙, 같은 책, 22~24쪽.

그것이 속한 사람이라는 유기체보다는 그 옆에 있는 개나 고양이 몸 안에 있는 허파꽈리와 훨씬 더 비슷하다. 세포 수준으로 작아진 것은 도마뱀이나 다른 모든 동물들의 세포와 비슷할 것이고, 탄소 분자 수준으로 작아진 것은 성냥개비를 이루는 탄소 분자와 비슷할 것이다. 그러면 이 말을 이해할 수 있다. "나는 작은 사람, 더 작은 사람, 개, 고양이, 한 개의 손가락, 성냥개비," 성냥개비뿐이랴. 더 작아지면 이제 그것은 "파동의 굴절, 만져지는 빗방울, 빗방울, 더 굵은 빗방울, 나는 돌풍과 함께 지나가는 소나기"와[33] 동류가 된다. 소수점 이하의 사람이란, 사람이라는 유기체에 속한 그대로 사람 아닌 어떤 것과도 비슷한 것이 된다. 우주 속을 떠도는 파동이나 입자들이 된다. 역으로 말하면 이런 파동과 입자, 혹은 분자나 세포 등으로 이루어진 우리 유기체는, '나'의 내부는 그것들이 떠도는 우주와 다름없는 또 하나의 우주라 하겠다.

7. 신체의 수학, 구구단의 생물학

김행숙은 소수점 이하의 사람에 눈을 돌렸지만, 말 그대로

● ●
33. 김행숙, 같은 책, 20~21쪽.

소수점 이하의 '사람', 더 작은 영혼과 신체를 따라가며 천착하기보다는 사람에서 개, 고양이, 성냥개비, 빗방울로 너무 빨리 비약한다. 그것은 분명 우리 안의 우주와 우리 바깥의 우주를 연결하는 단서가 되지만, 직접 그렇게 연결하지도 않는다. 그렇기에 소수점 이하의 사람은 어느새 사라지고 소수점 이하의 숫자와 그것의 상관물만, 그것들의 유사성만 남는다.

신해욱은 유기체 이하의 주체라는 의미에서 소수점 이하의 주체를 '생물성'의 상상력을 통해 좀 더 차분하게 밀고 간다. "몇 번씩 얼굴을 바꾸며 / 내가 속한 시간과 / 나를 벗어난 시간을 / 생각"하면서(「끝나지 않는 것들에 대한 생각」),[34] 얼굴의 숨바꼭질을 생물성의 미시적 신체 속으로, 그 신체들 속으로 숨는 영혼들의 끝나지 않는 숨바꼭질로 밀고 내려간다. 그는 "인간이 되어가는 슬픔"을 안다(같은 시). 시집 『생물성』의 첫째 시 「축, 생일」은 세계에 머리를 들이민 날을 생일로 하는 '나'와 제멋대로인 이목구비 사이에서 쓰여진 것이다. 이목구비라고 명명된 신체의 부분들은 사실 생일 이전에 탄생했고 존재해온 것이다. 엄마 뱃속에 있었을 때, 수정란이 분화되어 일정 시기가 되었을 때부터 이미 생겨난 것이다. 그러니 이들이 태어난 날은 엄마 뱃속에서 밖으로 나온 날이 아니다. '생일'이

34. 신해욱, 『생물성』, 문학과지성사, 2009, 10쪽.

라 명명되는 날은 '나'라고 불리는 유기체가 엄마의 태와 분리되어 독자적 개체로서의 생존을 시작한 날이다. 생존을 그리 '시작'했다고 해도, 이목구비는 이목구비로서 이미 존재를 지속해왔고 또한 지속해갈 것이다. 눈은 귀와 다르게, 입은 코와 다르게. 그러나 유기체적 사고는 모태로부터 분리된 유기체 속에서 그것들을 하나의 '도구organ'로 보게 한다. 생일이란 어쩌면 이목구비가 각자의 존재를 중단당한 채 유기체의 기관이란 자리 속에 '고정'된 날이 아닐까? 물론 그렇게 고정하려 해도, 자의 반 타의 반의 협조 속에서 '하나처럼' 움직인다고 해도, 눈은 눈일 뿐이고, 귀는 귀일 뿐이다. 제멋대로 존재할 뿐이다.

유기체의 '탄생' 이후 반복되는 생일은 그들이 '나'의 도구임을 환기시키는 날이다. 제멋대로 존재하다가 정해진 자리 속에서 '나'의 기관이 되기 시작했음을 상기시키는 날이다. 이목구비는 그 생일의 '나'를 위해 '제자리'에 돌아온다. 그렇게 나는 '나'가 되어가고 그런 '나'를 나는 좋아하고 싶지만 내면의 황야를 떠도는 것들과 '나'의 이 어색한 관계는 사라지지 않는다.

이목구비는 대부분의 시간을 제멋대로 존재하다가
오늘은 나를 위해 제자리로 돌아온다.

그렇지만 나는 정돈하는 법을 배운 적이 없다.

나는 내가 되어가고

나는 나를

좋아하고 싶어지지만

이런 어색한 시간은 도대체 어디서 오는 것일까.

—신해욱, 「축, 생일」 부분[35]

시의 마지막에 "내 삶은 나보다 오래 지속될 것만 같다."라고 쓴 것은 '나'와 내 안에 존재하는 이 작은 것들 간의 이 간극과 관련된 것이다. 중요한 것은 이 간극을 그저 '자아'와 '이드'의 대립으로, 내 안의 복수적인 것을 '하나'로 뭉뚱그려 자아와 대립하는 것으로 바꾸지 않는다는 점이다. 하나의 신체 안에 존재하는 저 영혼들을 한 사람의 이름으로 지칭하려는 시도가 턱없이 엉성하고 바보 같은 것만큼이나, 나라고 불리는 장소 안에 존재하는 수많은 충동이나 욕망을, 나름의 영혼을 갖는 저 많은 미시적 신체들을 '이드'라는 하나의 말로 지칭하려는 것 또한 너무 거칠고 엉성하며 바보 같은 짓임을 아는 것일까? 가령 그는 나 안에서 발생하는 어떤 일을 '나와는 다른 이야기'

35. 신해욱, 같은 책, 9쪽.

로 쓰면서, '눈'이라는 하나의 단어로 부당하게 지칭되는 눈들 사이의 차이에, 그 차이의 놀이에 시선을 돌리게 한다.

> 나에게는 두 개의 눈이 있다.
> 한 눈으로는 왼쪽을
> 한 눈으로는 오른쪽을 본다.
>
> 왼쪽에는 창밖이
> 오른쪽에는 어항이
> 있다.
>
> ─신해욱, 「나와는 다른 이야기」 부분[36]

이 시의 마지막 문장은 "나의 눈은 두 개이면서도 외롭다"이다. 두 눈이 각자, 홀로 움직이고 있음을 표현한다. 각자 자신이 보려는 것이 다른 두 눈의 이런 움직임을 '분열'이라고 표현한다면, 분열이란 우리의 신체 안에서 각자 자신의 힘과 의지를 갖고 자신의 삶을 사는 미시적 신체들의 움직임 전체로 확장하여 사용해도 좋을 것이다. 하지만 이는 초자아와 이드, 혹은 자아와 이드 간의 '대립'을 뜻하는 프로이트의 '분열Spaltung'이

36. 신해욱, 같은 책, 34쪽.

라는 개념과는 다른 것임을 잊지 말아야 한다. 각각의 미시적 신체들이 자신의 길을 가는 것이니, 대립한다 할 수 없다. 창밖을 보는 눈과 어항을 보는 눈은 서로 대립하지 않는다. 각자 보려는 것을 보려 할 뿐이다. 이들의 분열은 대립 이전의 분열이다. 차이들의 발산이다. 대립 이전에 존재하는 차이의 놀이. 그렇게 놀이하는 가운데 때로는 리듬을 맞추어 '하나'처럼 움직이기도 하고, 때로는 이웃한 신체들이 모여 하나의 쏠림이 발생할 수도 있다. 심지어 이렇게 모인 것들이 서로 상충되는 방향을 향한 것들과 대립할 수도 있을 것이다. 그러나 이 경우에도 그것은 이 차이의 놀이 다음에 온다. 그렇기에 전체로서의 신체는 잠들어도 부분으로서의 신체들은 깨어서 자신이 하고자 하는 것을 한다. 잠이란 의식 인근에 모여든, '나'라는 말로 지칭되는 유기체의 휴식일 뿐이다.

나는 물고기의 눈을 이식한 것처럼
잠을 자면서도
뜬눈으로 많은 것들을 본다.
그곳에서도

나무는 잎을 가지고 있다.
나는 뒷모습을 가지고 있다.

—신해욱, 「나와는 다른 이야기」 부분

  물론 신체들이 각자 자신의 길만을 고집한다면 두 개의 눈은 하나의 상을 형성하기 어려울 것이고, 두 개의 발은 원하는 곳으로 이동하는 데 실패할 것이다. 서로 다른 움직임으로 건반 위를 달리는 두 개의 손조차 리듬을 맞추어 '하나처럼' 움직일 때 '하나의' 음악적 텍스처를 짤 수 있다. 깨어 있을 때 통상 우리의 신체는 대개 이렇게 움직인다. 그러나 언제나 그래야 하는 것은 아니며, 언제나 그런 것은 더더욱 아니다. 신체 안의 수많은 영혼들의 리듬적인 협-조協-調를 이끌어내는 것이 우리의 능력이다. 그래서 "한 번에 한 사람이 된다는 건 충분히 좋은 일"이지만, 그래도 우리는 "매일 다른 눈을 뜬다". "뜨고 싶은 눈을 뜬 날엔 / 은총이 가득"하지만 그렇지 않은 날에도 축복처럼, 위로처럼 "키스를 받고 싶다"고 느낀다 (「눈 이야기」).[37]

  신체의 미시적 부분들이, 그에 짝하는 미시적 영혼들이 각자의 길을 가는 것을 포착하는 이는 두 개의 눈 사이에서 차이와 '분열'을 본다. 그렇다면 그 각각의 눈 안에서도 그런 차이와 분열 또한 볼 수 있어야 하지 않을까? 「눈 이야기」의 두 번째

37. 신해욱, 같은 책, 44쪽.

절은 첫째 절 제목과 대비하여 "한꺼번에 한 사람이 될 수 없다는 건 조금 슬픈 일"인데, 그럼에도 불구하고 시인은 눈 안의 수많은 눈들 속으로 들어간다.

눈동자가 잔뜩 그려진 티셔츠를 입고
내일부터는 커다란 잠자리가 되려고 한다.

오늘은 나의
마지막 날.

마지막 눈으로
창밖을 본다.

눈에는 눈. 또
눈에도 눈.

날개를 뜯긴 잠자리처럼
푸드덕거리며 오는 아침.

　　　　　　　　　　　　—신해욱, 「눈 이야기」 부분

수많은 눈들이 중첩되어 만들어진 잠자리의 겹눈은 우리

눈 안에 존재하는 수많은 눈들의 은유일 것이다. 우리의 눈이 실은 그 안에 존재하는 광감세포만큼 많은 눈들로 이루어져 있음을 안다면, 그저 공상이라고만은 결코 말할 수 없는 상상이다. 잠자리 눈으로 본다면 세상은 어떻게 보일까? 알 수 없지만 지금 두 눈을 합쳐서 보는 우리의 시상視像과는 아주 다를 것이 분명하다. 내일 아침은 아마 날개를 뜯긴 잠자리처럼 푸드덕거리며 올지도 모른다. 잠자리가 되기 전인 오늘은 그런 눈으로 보는 나, 유기체인 '나'의 마지막 날이다.

이런 시인의 눈에 하나의 유기체로 존재하는 '나', 또한 개나 고양이, 잠자리도 모두 하나가 아니라 수많은 신체들의 복합체다. 김행숙이 소수점 이하의 숫자로 유기체 이하의 사람을 표현했다면, 신해욱은 1을 초과하는 숫자들로 하나의 신체 안에 존재하는 신체나 영혼의 복수성을 표현하고자 한다. "하나에서 열을 만들자"는 「구구단」이 그런 경우다.

고양이 목숨은 아홉 개.
손가락은 다섯 개 다섯 개
열 개.

구구단은 생물로 가득하다.
나는 숫자가 되어 간다.

신체의 복수성을 볼 때, 나는 구구단에 등장하는 수많은 숫자들이 되어 간다. 그렇게 내 안에는 숫자가 가득하다. 피 안에 흘러 다니는 헤모글로빈의 숫자라면 어떨까? 피 안에 있는 생물이란 단지 그것만이 아니니, 그걸 모두 합치면 "내 안에는 셀 수 없이 피가 많다." 거꾸로 구구단 안에 등장하는 숫자들은 모두 생물들의 신체가 갖는 이런 복수성과 대응한다. 그렇기에 구구단은 생물로 가득하다. 그런데 "구구단은 아홉 번까지만 외울 수 있다." 구구단이니까. 그러나 구구단이 곱셈이 산출하는 숫자들의 집합인 한 구구단은 모든 숫자들로 확장될 수 있다. 하고자 한다면 무한 가까이 밀고 갈 수 있다. 하고자 하기만 한다면 셀 수 없이 많은 피를 담아낼 수 있을 것이고 셀 수 없이 많은 세포들, 그 세포 안에 숨은 신체와 영혼들을 셀 수 있을 것이다.

우리의 신체 안에 '이드' 같은 것은 없다. 성적 충동에 사로잡힌 하나의 충동 같은 것은 없다. 각자마다 상이한 크기와 방향을 갖는 충동들이 있을 뿐이다. 무한에 가까운 제멋대로의 충동과 욕망이 있다. 무수히 많은 신체와 영혼들이, 미시적 존재자들이

••
38. 신해욱, 같은 책, 50쪽.

가득 차 있는 장대한 우주가 있다.

9. 우주와 존재, 혹은 세계-외-존재의 존재론

1) 우주와 존재

'이다'와 '있다'를 구별할 줄 아는 이에게, 존재는 규정성이 아니다. 규정성은 '이다'라는 보조용언을 접착제로 발라 붙인 일시적인 스티커다. 존재란 그 모든 규정성과 무관한 '있음' 그 자체다. 덕지덕지 달라붙은 스티커가 모두 떨어져 나간 뒤에 남는 것이다. 그러나 존재는 스티커 같은 규정성이 아니기에 말할 수 없고 스티커가 아니기에 보이지 않는다. 존재는 어떤 목소리도 갖지 않는 절대적 침묵이다. 모든 소리를 가능하게 해주는 침묵 그 자체다. 그렇다고 소리의 배경이 되어주는 말 없음 같은 것은 아니다. 차라리 모든 소리가 가능하게 해주는 질료, 파동화될 수 있는 공기 같은 것이다. 모든 파동이 되고 모든 소리가 될 수 있지만, 어떤 파동도 아니고 어떤 소리도 아닌, 그 모든 파동과 바람의 질료가 되어주는 것이다.

단지 소리나 바람만이 아니라 모든 존재자가 존재할 수 있도록 해주는 것, 그러나 그것을 떠받치는 근거 같은 게 아니라 그것의 말 없는 질료가 되어주는 것, 그렇기에 규정하는 순간

이미 놓쳐버리게 되는 무규정성, 그것이 존재다. 존재란 그처럼 규정할 수 없고 포착할 수 없다는 점에서 절대적 카오스다. 세계의 바깥에 있는 카오스로서의 우주, 존재는 그것과 다르지 않다. 규정성의 스티커를 붙이는 것은 세계다. 우리는 그 규정성 속에서 세계의 일부가 되고 세계 안에 물려 들어간다. 세계가 할당한 그 자리에서 살고 지각하고 생각한다. 그 자리에서 보이는 시야로 보고, 그것을 '근거'로 생각하며, 그 자리를 둘러싼 것을 '지평'으로 판단한다. 우리가 세계–내–존재라는 말은 이런 뜻이다. 그것은 세계 안에 갇힌 나의 존재, 규정성에 갇힌 나의 존재를 표시한다. 그렇게 '내면'에 침투한 규정성들을 뼈대로 삼아 구축한 건축물이 '나'이고 나의 '자아'다. 이런 의미에서 '나'는 없다, '자아'는 없다. 세계가 만들어낸 주체나 대상들이, 세계의 분신들이 있을 뿐이다.

　어떤 규정성도 달라붙기 이전에 있는 것, 아무런 규정성도 없지만 거기 달라붙는 규정성에 가려 그 규정된 것으로 오인되는 것, 그것이 나의 '내면'이고 나의 존재다. 나의 존재, 혹은 모든 존재자의 존재는 그 존재자 안에 존재하는 황무지나 원시림 같은 것이다. 존재자의 존재란 모든 가능한 규정성에 자신을 주지만 스스로는 어떤 규정성도 갖지 않는다는 점에서 규정 가능성을 갖는 미규정성이다. 이 또한 존재와 마찬가지로 규정성을 갖지 않기에 포착 가능한 어떤 질서 바깥에 있기에 본질적으로 카오스이다. 내 안에 있는 세계의 바깥이다. 내 안에 존재하는 이 카오스의 원시림 또한 세계의 바깥에 있는 우주와 다르지 않으며, 그것과 항상 교류하고 있음을 앞서 본 바 있다.

이렇게 존재자의 존재는 존재 자체와 하나의 우주를 이루고 있다. 우주가 하나이듯이 존재 또한 하나다. 모든 존재자들이 자신의 개체성을 잃으면서 녹아들어 가는 것, 그것이 존재다. 개체성을 유지하고 있을 때조차, 숨을 쉬며 우주와 교류하고 있는 한 하나의 연속체라 할 수 있는 그 '단일한 것'이 존재다. 그것은 모든 개체성을 넘어 하나로 섞여드는 질료적 일원성 같은 것이고, 모든 규정성을 벗어난 세계의 바깥이자 '나'의 바깥이고, 세계가 부여하는 모든 규정성을 잠식하는 우주적 힘들의 전체다. 존재자로서의 개체들은 언제나 세계의 규정성과 더불어 존재한다는 점에서 세계-내-존재이지만, 동시에 그 모든 규정성을 벗어난 존재를 일차적인 바탕으로 한다는 점에서 세계-외-존재다. 세계보다 우주가 선행하듯, 세계-내-존재보다 세계-외-존재가 일차적이다. 모든 세계가 우주의 일부일 뿐이듯, 세계의 규정성이란 존재의 미규정성이 갖는 수많은 규정 가능성의 일부일 뿐이다. 존재론이란 세계의 바깥이자 '나'의 바깥인 존재의 우주를 세계 안으로 불러들이는 사유다. 그 우주를 통해 세계를 바꾸고 다른 세계를 찾으려는 시도고, 동시에 그 세계가 수립한 '나'를 떠나 다른 나들을, 다른 삶들을 산출하려는 시도다.

2) 질료적 일원성

정확한 건 아니지만, 이해하기 쉽게 말하자면 존재란 이런저런 존재자들이 존재할 수 있게 해주는 질료 같은 것이다. 존재자의 존재가 그 존재자로 하여금 이런저런 양상으로 규정된 대상이 될 수 있도록 '몸을 대주는' 것이듯 존재는 모든 존재자들이 개체성을 갖고 존재할 수 있도록 '몸을 대주는' 질료다. 존재자들의 생성과 소멸을 받아들이고, 그것들이 다른 개체성을 갖도록 하려면 질료는 그 개체성에 한정되지 않는 '크기'를 가져야 한다. 모든 개체성이 하나로 녹아들 수 있어야 하고, 모든 개체성이 그로부터 나올 수 있어야 한다. 마치 모든 파도가 가능하려면 개개의 파도 전부가 되돌아가고 다시 나올 수 있는 하나의 바다가 있어야 하고, 어떤 크기의 개체들로도 분할 가능하며 어떤 개체들도 수용 가능한 하나의 물이 있을 수 있어야 하듯이. 파도와 비, 강물과 연못, 마시는 물과 청소하는 물 등 모든 물들이 하나로 녹아들고 모든 것이 그로부터 나올 수 있는 물이라는 질료적 일원성이 그 모든 액체적 존재의 가능 조건이다. 물이 아니라 모든 존재자로 이를 확장할 때 존재자와 다른 존재를 사유할 수 있다. 하나의 우주로서 존재를 사유한다 함은 이런 의미다.

"존재는 하나다"라는 명제로 시작하여 철학은 빈번하게 이 존재의 일의성을 다루어왔다. 특히 둔스 스코투스, 스피노자는 존재의 일의성에 대한 사유에서 누구보다 중요한 기여를 한 철학자다. 그런데 이를 문학에서 다룰 수 있을까? 문학은 대개 다른 어떤 것으로도 환원 불가능한 사태의 고유성을, 혹은 개체의 특이성을 다루기에, 개체를 벗어나기 어려워 보이기 때문이다. 가령 우리는 이미 릴케가 사물의 존재, 존재자의 존재를 탁월하게 다룬 바 있음을 안다. 그런데 존재자의 존재가 아니라 존재 자체라면 어떨까? 쉽지 않을 것 같다. 개체 없는 존재를 어떻게 묘사할 수 있을 것이며, 존재자 없는 존재에 어떻게 형상을 부여할 수 있을 것인가? 또 하나의 문턱이 거기 있는 셈이다.

존재론을 일관된 주제로 삼는 시인 송승환은 존재자의 존재로부터 존재 자체로 가는 이 난감한 길을 간다. 시집 『드라이아이스』(문학동네, 2007)의 사물에 대한 시에서 『클로로포름』(문학과지성사, 2011)의 사물의 존재, 존재자의 존재에 대한 시로 밀고 갔던 그는 『당신이 있다면 당신이 있기를』(문학동네, 2019)에서 존재 자체와 대결하려는 것 같다. 이 시집의 시 「플라스틱」에서는 개체성이 소멸된 존재의 일의성이 플라스틱의 '형상'을 빌려 시적 언어로 드러난다. 모든 개체들의 질료가 되는 하나의 질료란 개체 '이전'의 질료적 흐름이란 점에서 시몽동의 개념을 빌려 '전 개체적 흐름'이라고 명명한다면, 이 시는 전 개체적인 흐름으로서의 존재와 그 흐름 속에 존재하는 잠재적 개체들을 통해, 저 하나인 존재 자체란 그 잠재적 개체들 사이를 변이하며 흐르는 생성의 흐름임을 보여준다.

먼저 1절에서 이 시는 희고 둥글다는 것은 무엇인지, 크고 납작하다는 것은 무엇인지를 묻는다. 형상이나 형태에 대한 질문이다. 2절은 그러한 형태나 형상이 모두 녹아 하나의 흐름이 되는 양상으로, 1절의 질문에 '답하며' 시작한다. "타오르는 불길 속 녹아 흐르는 용액." 그 용액은 "거푸집 속으로" 흘러들어간다. 그렇게 "흘러내리는 모든 것은 공기 속에서 굳어간다." 조형적 능력을 갖는 질료로서의 플라스틱은 이제 "접시 액자 창틀 의자"로부터 페트, 튜브에 이르기까지 여러 형태를 취하게 된다. 전 개체적 흐름으로부터 각자의 개체성이 출현한다. 그러나 그 모두는 플라스틱이 취하는 특정한 형상을 빌려 나타난 존재의 일부일 뿐이다. 그렇기에 플라스틱 자체는 "나는 변하고 있다 // 나는 이름이 변하고 있다"고 한다. 3절과 4절은 욕조에 대해서 쓴다. 플라스틱을 뜻하는 2절의 '나'가 하나의 질료적 흐름으로서 존재를 뜻한다면, 3~4절에서 가라앉거나 가로막히거나 가로지르거나 가로채이거나 등등 수많은 동사들로 욕조 속의 액체와 관계 맺는 '나'는 존재자를 뜻한다. 4절의 마지막에서 '나'는 이제 공기 속으로 사라진다. 그리하여 5절은 "나는 대기 속에 있다"는 문장으로 시작한다. 그리고는 대기 속에서 수많은 형태로 변이하는 구름에 대해서 쓴다. "바람 속에서 일어나고 바람 속으로 나아가고 바람 속으로 흩어진다." 또한 습기와 만나 물방울에서 수증기 덩어리를 거쳐 솜 같은 구름에서 폭포 구름에 이르기까지 다양한 모습의 개체들로 변이하는 구름들. 이 또한 대기라는 하나의 질료적 흐름이 그때마다 상이한 개체적 형태를 취하며 변이하는 양상이다. 존재가 개체적 존재자들로 개체화하는 양상들. 그래서일까? 묻는다. "어떤 형태를 지닌다는 것은 무엇인가." 6절은 그에 답하듯, 그 질료적 흐름이 "끓어오르면서 녹고 녹아내리면서 흐르고 흘러내리면서 섞이고 섞이면서 눌리고 눌리면서 굳어"가며 "모나거나 둥글거나 패였거나 평평하거나 ···."한 형태들의 다양한 양태들로 받는다. 그렇게 "팽창하면서 수축하고 폭발하면 압축하고 ···" 하여 만들어진 나는 "물이고 불이고 흙이고 공기고 물이면서 불이고 불이면서 흙이고 흙이면서 공기다". 여기서는 개체들의 질료적 흐름으로 되돌아가는 셈인데, 주목할 것은 물, 불, 흙, 공기 등의 상이한 질료들이 '이면서'라는 말로 다시 섞이며 모든 질료가 하나의 일원성을 형성함을 말한다. 만약 존재를 질료적 일원성을 뜻한다고 한다면, 그것은 질료들의 차이 모두가 사라진 단 하나의 질료적

흐름이라고 해야 하리라. 그 질료적 일원성은 그것을 구성하는
입자적 일원성으로 바꾸어 표현할 수 있다. "나는 세계의 핵과
전자다". 그렇기에 이제 '나'라는 주어로 표시되는 존재는 모든
존재자가 된다.

　　나는 늙고 젊으며 젊고 슬기로우며 슬기롭고 어리석다

　　나는 이주노동자 여성이고 비정규직 남성노동자다

　　나는 침몰하는 배에 갇힌 소년이고 탄창을 손에 쥔 사무원이
　　고 전단지 뿌리는 학생이고 곡괭이 든 의사이고 펜을 든 농민이
　　고 크레인 운전하는 교수이고 갱도 끝 광부다
　　　　　　　　　　　　　　　　　　—송승환, 「플라스틱」 부분[39]

　　여기서 사무원은 탄창을, 의사는 곡괭이를, 농민은 펜을
들었고, 교수는 크레인을 운전한다. 존재가 존재자로 개체화할
때, 서류를 든 사무원, 청진기를 목에 건 의사처럼 우리가
표상하는 형태에 갇힐 이유는 없다. 존재의 일의성을 사유한다
함은 존재자가 이처럼 얼마든지 다른 것으로 존재할 수 있는지

　• •
　39. 송승환, 『당신이 있다면 당신이 있기를』, 문학동네, 2019, 40쪽.

를 사유함이고, 존재의 일의성을 통과한다 함은 하나의 존재자가 이처럼 다른 양상의 존재자로 변이할 수 있음을 사유하는 것이다. 세계가 할당한 규정에 우리의 삶이나 행위를 가둘 이유가 없음을, 거기서 벗어나는 삶의 가능성을 사유하는 것이다. 그렇게 우리는 우리가 표상하는 상이한 존재자나 대상이 동시성 속에서 뒤섞일 수도 있다. 흐름으로서의 존재가 어떤 존재자도 될 수 있기에, 그 존재를 통과하여 새로이 출현하는 개체로서의 '나' 또한 얼마든지 그렇게 다른 존재자로 개체화될 수 있다.

나는 남성이면서 시인이고 시인이면서 여성이다

나는 바이올린이고 클라리넷이고 심벌즈이고

나는 나비이고 새이고 풀이고 사슴이다

나는 먼지이고 모래이고 자갈이고 바위이고 운석이고 별이다

나는 멀리 있으면서 가까이 있고 투명하면서 불투명하다
　　　　　　　　　　　　—송승환, 「플라스틱」 부분

그렇게 존재는 "세계를 채우고 세계를 작동시킨다." 따라서 이렇게 말할 수 있다. "모든 것이 나로부터 출발하고 모든 것이 나에게 도착한다." 존재는 모든 존재자의 출발점이고 또한 모든 것이 그리 되돌아가는 귀착점이다. 그러니 "나는 모든 사물 속에서 기다린다"는 말은 이해하기 어렵지 않다. 모든 사물, 모든 존재자가 존재 자신에게 돌아오길 기다린다 함이다. 그러나 그런 존재가 사물과 독립하여 따로 있는 것은 아니다. 그것은 사물 속에 있다. 그러니 그 기다림은 사물 속에서 기다림이다. 이미 거기 있으니 기다릴 것도 없을 기다림이다. 그런데도 기다린다 함은 무엇을 기다림인가? 그 사물이 개체성을 벗어나 존재 자체로 돌아오는 것, 다시 또 다른 개체성을 얻어 다른 존재로 탄생하는 것, 하나가 다른 것이 되는 그런 변이의 연속 속에서 존재하기를 지속하는 것을 기다린다. 존재는 그렇게 하나의 사물 속에서 기다리지만 또한 다른 것이 될 어떤 사물 속에서 기다리는 것이다. 따라서 마지막 절인 7절의 두 문장은 이러한 개체성이 사라진 일종의 '질료적' 흐름으로서의 존재의 일원성과 그로부터 개체성이, 다른 것이 된 개체들이 출현하는 이 존재와 존재자의 운동을 요약하는 문구임을 이해할 수 있을 것이다.

모든 것이 있다

모든 것이 되어가고 있다

— 송승환, 「플라스틱」 부분

3) 개체성과 존재

존재의 일의성에 대한 이 장대한 시적 사유는 우주인 존재자
와 개체성을 갖는 존재자를 자유롭게 오가며 이루어진 것이다.
이 시의 화자 '나'는 때론 존재이기도 했다가 때론 존재자가
되기도 했다가 한다. 그럼으로써 장대한 존재론적 우주 속에서
유영한다. 일의성 속에서 존재를 사유한다 함은 바로 이러한
것이다. 이 존재론적 운동 속에서 개체성을 잃고 존재가 되었다
가 다시 개체성을 얻는 존재자를, 혹은 존재 속에 흩어진 어떤
부분적 '존재자'를 주어로 하여 시를 쓴다면 어떨까? '어쩌면'
이란 제목을 붙인 이 시집의 '2부'에서, 특히 「B101」, 「B102」,
「B103」은 주어를 바꾸어 가며 존재의 일의성 속을 다시 흘러간
다. 하나의 존재인 나, 개체성을 잃고 그 하나인 존재 속으로
들어간 나, 그렇게 흩어져 들어간 개체의 부분인 나의 조각들이
거기서 말한다. 그다음의 시 「검은 돌 흰 돌」은 침몰하는 배에서
죽은 사람들을 존재와 존재자 사이에서 벌어지는 이 장대한
운동 속에서 시화詩化한다.

존재로부터 존재자가 개체성을 획득하는 것은 대개 '탄생'으로 축복받지만, 존재자가 개체성을 잃고 존재 속으로 녹아들어가는 것은 통상 '죽음'의 비탄함 속에서 다루어진다. 생성에 대한 긍정을 탄생이나 변화의 예찬으로 이해하는 것은 흔한 일이지만, 죽음을 생성의 과정 속에서 긍정하는 것은 드문 일이다. 그렇다면 생성의 긍정이란 죽음마저 생성의 일부로서 수긍할 수 있을 때 비로소 가능하다 해야 하지 않을까? 존재의 일의성 속에서 존재자를 사유한다 함은 이런 것이다.

우주의 바람에 얼굴이 파먹히는 두려운 사건을 아름다움으로 오인하는 우주의 시인 릴케는 "언젠가 나 이 무서운 인식의 끝마당에서 서서 / 화답하는 천사들을 향해 환호와 찬양의 노래를 부르리라"고 쓴다. 그러나 그는 또한 잘 안다. '영생불사'라 광고되는 세상의 '저기 바깥'에 사는 비탄이라 불리는 여인을 따라가던 젊은이는 어느새 "돌아서서 손짓을" 하게 됨을, 그러나 끝내 "그들이 사는 계곡"에 이를 수밖에 없음을. 하지만 어찌 존재의 드라마가 어떻게 거기서 끝날 수 있으랴. 나이든 비탄은 죽은 젊은이를 인간들이 "생명을 잉태하는 물결"이라 부르는 "기쁨의 샘물"로 데려간다. 하지만 이 장대한 순환을 모르는 우리는 "솟아오르는 행복만을 / 생각하는 우리는 / 행복이 떨어질 때면 / 가슴이 무너지는 듯한 충격을 느끼리라," (「두이노의 비가」 제10비가) 아마도 이것이 '이 무서운 인식'

뒤에 있는 세계를 두려워하고, 거기 사는 천사들을 비탄의 노파들로 받아들이는 이유일 것이다.

존재의 일의성을 염두에 둔 것인지는 확실치 않지만, 개체성을 잃고 대기 속으로, 물속으로 거품이 되어 사라져 가는 존재자의 목소리를 우리는 하재연의 시 「인어 이야기 2」에서 읽을 수 있다.

나의 목소리가 매일
대기에 가까워진다.

내 입술은
내 목소리 바깥의 것들을
흉내 내기 시작했다.

아, 하고 입술이 동그래질 때
어, 하는 신음소리와 함께

나에게서 떨어져 나온 표정들에게
단 하루씩의 사랑이 주어진다.

거품으로서 웃고 거품으로서 찡그리며

빗방울로 뛰어드는 거품 눈물들.

내가 없는 육지를
내려다본다.

희박한 인사를 건넨다.
— 하재연, 「인어 이야기 2」 전문[40]

대기하는 질료적 '하나'에 가까워지는 목소리, 그것은 아,
라고 발음하려 할 때 어, 라는 신음소리가 섞이며, 개체의
의지에서 점차 벗어난다. '나'에게서 떨어져 나가는 표정 ―
얼굴 ― 들도, 거품이 되어 물속으로, 대기 중으로 사라져가는
눈물들도 그러하다. 그렇게 대기-존재로, 물-존재로 녹아 들
어간다는 것은 '나'의 개체성이 사라진 세계를, 내가 없는
육지를 내려다보는 것이다. 이 시는 그런 육지에게, 그런 녹아
들어감에 비통해하지 않고, 그렇다고 과장임이 뻔한 즐거움도
과시하지 않고 그저 '희박한 인사를 건넨다'. 내가 없는 육지를
보며 건네는 이 희박한 인사에서 우리는 죽음이 통상적인
비통함과 다른 방식으로 다루어지고 있음을 본다.

• •
40. 하재연, 『세계의 모든 해변처럼』, 문학과지성사, 2012, 54~55쪽.

개체성을 잃고 하나인 존재 속으로 들어가는 양상을 김언희는 반대로 존재의 입장에서 개체를 잡아먹는 매우 익살스러운 표정으로 쓴다. 「쥬시 후레쉬」라는 껌 이름을 제목으로 뽑은 이 시에서도 그렇지만, 이 시가 포함된 시집 전체에서 껌은 물렁물렁하며 하나로 합쳐지고 또 얼마든지 분할 가능한 전개체적 흐름을, 질료적 가변성을 표현하기 위한 소재다.

> 덴티 큐의 사막을 낙타가
> 가고 있군 물컹
> 물컹한
> 후라보노의 사막을 낙타가
> 걷고 있군, 이런,
> 왼발을 뽑으니 오른발이
> 더 깊이 빠지는군
> 시간문제야
> 발목부터
> 녹신녹신해질걸
> 그래, 사막이 낙타를 씹기 시작하는군
> 질컥질컥 씹히는 맛에
> 뼈마디가
> 녹신거리는 맛에 어떤 놈도

롯데 이브껌 사막을 건너진 못해

해골 따위도 못 남겨

어떤놈이낙타였고어떤놈이

낙타를탄놈이었는지사막이었는지

한입에 씹혀 질컥거리는 거지

체위를 설명할 길 없는

쥬시 후레쉬, 시큼한

사막이 되는 거야

대가리까지

푸욱 푹

빠지는

— 김언희, 「쥬시 후레쉬」 전문[41]

    껌 같은 사막을 걷는 낙타는 껌의 사막에 발목부터 빠지며 녹신녹신 껌 속으로 녹아 들어간다. 형태를 잃고 뼈대를 잃고 그렇게 녹아 들어가기에 어떤 게 사막이고 어떤 게 낙타인지 낙타를 탄 놈인지 식별할 수 없도록 뒤섞여 하나가 된다. 그렇게 녹아들어 시큼한 사막이 된다. 누구도 이 껌의 사막을 건널 수 없다. 존재는 하나이고, 존재 바깥에 나갈 수 있는 존재자는

 • •

41. 김언희, 『말라죽은 앵두나무 아래 잠자는 저 여자』, 민음사, 2000, 28쪽.

없기 때문이다. 존재, 그것은 그렇게 하나인 우주, 모든 것의 바깥이며 어떤 바깥도 갖지 않는 장대한 우주인 것이다.

바깥의 시학*
― 릴케의 사물시

송 승 환

'어디서' 사물은 시작되는 걸까요
사물은 이 세계와 더불어 시작됩니다
사물은 곧, 이 세계입니다
― 라이너 마리아 릴케[1]

1. 바라봄: 드러남과 감춤의 시각적 사건

바라본다는 것은 신체의 감각으로서 눈의 시각을 전제한다.

* 이 글은 「보이지 않는 삼각형」(『현대시』, 2021, 11)과 「도시의 사물성과 감응의 시학」(『영어권문화연구』, 2020. 4)을 바탕으로 수정·보완한 글이다.

1. 라이너 마리아 릴케, 「로댕: 1905년 강연의 원본」, 『보르프스베데/로댕론』, 장미영 옮김, 책세상, 2000, 291쪽. 이하 같은 책의 인용은 『보르프스베데』와 『로댕론』으로 분리하고 쪽수만 밝히기로 한다.

시각은 빛에 의해 망막에 맺히는 像의 사물들을 지각한다. 희미한 빛과 밝은 빛을 감지하고 사물의 윤곽과 사물의 정체를 분별해냄으로써 세계에 대한 인식을 구성한다. 눈은 빛을 매개로 사물들과 교감한다는 점에서 빛의 영역에 속한다. 눈의 홍채는 빛의 양에 따라 커지고 작아진다. 동공은 홍채 정중앙에 있는 검은색의 열린 공간으로서 바깥에서 들어오는 빛의 초점이 망막에 맺히게 한다. 시각은 빛의 에너지와 그 파장에 반응하는 신체의 감각인 것이다. 눈은 빛의 감도와 강도, 조도와 광속, 휘도와 광속 발산도 등에 의해 사물을 감각할 수 있는 영역이 결정된다. 눈은 빛을 통하여 빛과 함께 빛 안에서 사물을 감각한다. 그런데 빛이 없다면 눈은 어둠 속에 있는 사물을 어떻게 감각할 수 있는가. 빛이 없어서 눈으로 감각할 수 없는 사물은 있지 않은 것인가. 빛이 있다고 하더라도 장막에 가려져서 처음부터 보이지 않은 사물은 있는 것인가.

시력은 사람마다 다르다. 사람마다 다른 시력으로 인해 사물을 감각할 수 있는 시각의 정확성은 달라진다. 시력이 약한 사람은 사물을 흐릿하게 감각한다. 시력을 상실한 사람은 사물을 감각할 수 없다. 시력이 탁월한 사람이라고 하더라도 눈은 '있는 그대로'의 사물을 감각하지 못한다. 착시현상과 판단 오류가 발생한다. 눈은 시력 저하와 착시현상에도 불구하고 '있는 그대로'의 사물을 볼 수 있는가.

다른 한편으로 눈은 선험적 인식과 심리적 요인으로 인해 '사태 그 자체'의 사물을 바라보지 못한다. 눈은 사물에 대한 고정관념으로 바라봄으로써 이미 성립된 선험적 판단과 이해 속에서 사물을 바라본다. "인간들은 분명함에 / 익숙하기 때문"[2]이다. 그것은 사물 자체에 대한 왜곡된 인식과 이미지를 발생시킨다. 유약한 심리적 상태와 가수면 상태에서 눈은 환상과 망상을 보기도 한다. 그렇다면 눈이 감각한 사물에 대한 인식은 항상 자명한가. 사물의 실재와 시각의 상像, 그 이미지는 온전히 일치하는가. 사물에 대한 고정관념, 그 바깥 사물로 구성된 '사태 그 자체'의 바라봄은 어떻게 가능한가.

이상의 탐구와 질문은 빛의 영역에 속하는 눈의 유한성과 시각의 한계, 존재의 '있음'과 '있음'의 형상을 감각한 이미지의 문제를 제기한다. 무엇보다 시각은 '지금-여기'라는 시공간에 한정된 감각이다. 눈은 '지금-여기', 현재 펼쳐지고 전개되는 시각의 현실 지평에서 감각한다. 현재가 아닌 과거의 존재에 대한 시각의 실재 감각은 불가능하다. 눈의 감각은 현재의 시각적 지평에 펼쳐지는 빛의 영역에 규정된다. 그 빛과 더불어 신체의 유한성과 시력의 한계 속에서 눈이 감각하는 가시적

----

2. 라이너 마리아 릴케, 「두이노의 비가 4」, 『두이노의 비가 외』, 김재혁 옮김, 책세상, 2000, 457쪽. 이하 같은 책의 인용은 쪽수만 밝히기로 한다.

세계는 제한적이며 자명하지 않다. 선험적 판단과 사물에 대한 고정관념에 의해 시각적 인식에는 무수한 편견과 오류가 편재遍在한다. 현재의 어둠과 장막 때문에 미지의 사물을 바라볼 수 없다고 하더라도 그 사물은 부재한다고 단정할 수 없다. "우리는 결코 단 하루도" 들어갈 수 없지만 "꽃들은 끊임없이 들어갈 수 있는 / 순수한 공간"[3]에 보이지 않는 사물이 있다. 우주의 어떤 별처럼 보이지 않는 존재는, '지금-여기' 없는 것이 아니라 비가시적 세계 속에 '있지 않음의 있음'과 '있음'의 가능성으로 있다. '있다'의 가시적 세계와 '있지 않음이 있다'의 비가시적 세계는 바라보는 시선에 함께 있다. 빛의 가시적 세계는 언제나 어둠의 비가시적 세계의 그림자를 드리우고 있다.

시각의 현실 지평에서 보이지 않는 과거의 존재는 (무)의식적 기억에 의해 솟아난 시각적 이미지의 환영으로 감각된다. 기억에 의해 되살아난 시각적 이미지의 실재는 '지금-여기' 현재에 없다. 그러나 과거의 존재를 기억하는 주체의 현재 의식 속에 그것은 '있지 않음의 있음'으로 현전한다. 그 이미지의 실재를 확인할 수 없다고 해서 기억과 의식 속에 현현한 이미지의 실체가 있지 않다고 말할 수 없다. 나는 기억과 의식

3. 릴케, 「두이노의 비가 8」, 같은 책, 475쪽.

속에 현현한 시각적 이미지를 지각한다. 그 이미지가 환상과 망상이라고 하더라도 내가 그 이미지를 바라보고 있다는 사실을 부인할 수는 없다. 과거의 존재 이미지는 기억하는 현재의 의식 속에 있다. 그 이미지는 존재를 닮은 형상이다. 그 형상은 존재로부터 기원한다. "감각적인 대상의 형상이 감각에 새겨진 뒤 그렇게 해서 얻어진 인상, 혹은 이미지 혹은 유령은 환상 혹은 상상적 기량에 의해 수용되고 결과적으로 상상적 기량은 인상을 발생시킨 감각적 대상 없이도 그 인상을 유지할 수 있는 단계에 들어서게 된다."[4] 이미지는 존재와 진실하게 닮은 하나의 상像이다. 그러나 하나의 상像이 존재를 항상 닮으려고 하지는 않는다. 그런 점에서 시각적 이미지는 있음과 있지 않음의 있음, 존재와 비존재, 존재와 존재를 닮은 형상의 짜임 관계 속에 있다. 이미지는 존재로부터 발생하여 닮은 형상이지만 동시에 그 형상 자체로 있다. 이미지의 실재는 있기도 하고 있지 않기도 하다. 바라본다는 것. 그 바라봄을 통해 지각한 "앎이라는 것은 세계가 비치는 거울을 향해 고개를 숙이고 이 공간에서 저 공간으로 반사되는 이미지들을 염탐한다는 것"[5]을 의미한다. 그것은 보이지 않는 존재의 드러남과

• •
  4. 조르조 아감벤, 『행간』, 윤병언 옮김, 자음과모음, 2015, 149쪽.
  5. 조르조 아감벤, 같은 책, 170쪽.

감춤이 한꺼번에 발생하는 시각적 사건을 목격하는 현장이다. 릴케의 사물시는 존재의 드러남과 감춤이 동시에 발생하는 바라봄에서 탄생한다.

2. 다르게 바라보기: 형상의 발견과 변용

릴케가 1902년 파리의 오귀스트 로댕Auguste Rodin을 만나고 1903년 '사물시Dinggedicht'를 담은 『신시집*Neue Gedichte*』의 첫 번째 시편이자 가장 유명한 「표범Der Panther」을 창작한 것은 현대시사에서 주목할 만한 변곡점이다. 릴케는 1902년 8월 말부터 1903년 6월 말까지 처음으로 파리에 체류하고 9월에 로댕을 방문한 후 『형상시집*Das Buch der Bilder*』(1902)을 출간한 다. 그해 11월에 사물시의 첫 시 「표범」을 쓴다. 1903년 파리의 로댕 집에 묵으면서 『로댕론*Auguste Rodin*』을 쓰고 출간한다. 1904년 2월부터 파리 체류 경험을 바탕으로 『말테의 수기*Die Aufzeichnungen des Malte Laurids Brigge*』(1910)를 쓰기 시작한다. 1905 년 9월부터 1906년 6월까지 파리에 두 번째 체류하면서 로댕과 교류한다. 1906년 파리의 로댕 집에 거주하면서 비서 업무를 맡았는데, 『신시집』의 많은 시편들을 이 시기에 쓴다. 1907년 6월부터 10월까지 파리에 세 번째 체류하면서 『신시집』에 실릴 상당수의 시를 쓰고 12월에 『신시집』을 출간한다. 1908년 5월부터 1911년 10월까지 파리에 체류하는데, 특히 1908년 『신시집 별권』의 아주 많은 양의 시를 쓰고 출간하면서 로댕에게 헌정한다. 이와 같은 릴케의 연보[6]에 따르면 릴케는 조각가 로댕과의 만남과 파리 체험의 연관성 속에서 『형상시집』(1902)의 일부와 『신시집』(1907/1908), 『로댕론』(1903)과 『말테의 수기』(1910)를 집필한다.

　　그러니까 사람들은 살기 위해 이 도시로 온다. 그런데 내 생각에는 오히려 사람들이 여기서 죽어가고 있는 것 같다. 나는 밖에 나갔다 왔다. 많은 병원을 보았다. 어떤 사람이 비틀거리다가 쓰러지는 것을 보았다 […] 골목길 사방에서 냄새가 나기 시작했다. 요오드포름, 감자튀김 기름 그리고 불안의 냄새를 분간할 수 있었다. 여름이면 모든 도시에서 냄새가 난다 […] 전차가 미친 듯 경적을 울리며 내 방을 가로질러 달려간다. 자동차는 내 위를 지나간다. 문 닫히는 소리가 들린다. 어디선가 유리창이 깨져서 떨어진다 […] 누군가는 부르는 소리. 사람들은 빠르게 움직이고 서로를 앞질러 간다. 어디선가 개 짖는 소리가 들린다. 얼마나 안심이 되는지.

6. 릴케, 앞의 책, 598~600쪽 참조

개가 있다니. 게다가 새벽녘에는 어디선가 닭 우는 소리도
들린다. 그 소리는 내게 한없는 위안을 가져다준다.

— 릴케, 『말테의 수기』[7] 부분

지금은 559개의 병상에서 사람들이 죽어간다. 공장에서처
럼 대량생산 방식이다. 이렇게 엄청난 대량생산이기에 각각의
죽음은 훌륭하게 치러지지 않지만 그런 것이 문제가 되지도
않는다 […] 이제 자신만의 고유한 죽음을 가지려는 소망은
점점 희귀해진다 […] 사람들은 세상에 와서 기성품처럼 이미
만들어져 있는 삶을 찾아서 그냥 걸치기만 하면 된다.

— 릴케, 『말테의 수기』(15) 부분

28세의 외국인 시골 청년 '말테 라우리츠 브리게', 즉 릴케가
처음 도착해서 바라본 대도시 파리는 현대성이 구현되어 살기
좋은 시공간이 아니라 죽음의 시공간이다. 그는 수많은 병원으
로 둘러싸인 20세기 초반의 '파리'가 죽음을 대량으로 생산하
는 공장으로 보인다. 그 죽음은 고유한 삶에 대한 애도가 부재하
며 삶의 마지막에 담긴 소중한 가치를 성찰하지 않는다. 도시에

• •

7. 릴케, 『말테의 수기』(1910), 김용민 옮김, 책세상, 2000, 9~10쪽. 이하
   같은 책의 쪽수만 밝히기로 한다.

서의 삶과 죽음은 각각 고유한 의미를 지니는 것이 아니라 공장에서 생산한 "기성품"처럼 제조되고 소비되었다가 폐기되는 것으로 인식한다. 이것이 릴케가 대도시 파리를 처음 체험하고 감응한 모더니티의 충격적 인상이다. 그는 상품의 물신성과 환등상에 가려진 삶의 실존과 사물들을 다르게 바라본다. 「두이노의 비가 9」에서처럼 '말하기'를 통하여 "보이지 않게 다시 한번 살아나는 것"[8], 즉 사물들을 구원해내려는 '변용Verwandlung'을 시적 출발점으로 삼는다.

그는 거리에서 발생하는 전차의 경적과 자동차 소리, 옆집의 문 닫히는 소리와 어디선가 유리창 깨지는 소리, 누군가 부르는 소리에 예민하게 감응하면서 불쾌감을 느끼는데, 어디선가 개 짖는 소리에 대해서는 위안을 느낀다. 도시의 소음을 들으면서 어떤 실존적 불안을 느끼는 반면, 자연의 생명체인 개 짖는 소리를 들으면서 위안을 느끼는 지점에서 그는, 도시의 모더니티에 대하여 비판적이며 도시의 현대적 아름다움보다는 자연 속에서의 고독과 자연 친화적인 아름다움을 추구한다. 이것은 보들레르가 도시의 현대성에 대한 양가적 입장 속에서도 현대적 아름다움을 추구했던 미학적 입장과 다른 릴케의 미학적 입장이다.

* *
8. 릴케, 앞의 책, 482쪽.

나는 보는 법을 배우고 있다. 왜 그런지는 모르지만 모든 것이 내 안 깊숙이 들어와서, 여느 때 같으면 끝이었던 곳에 머물지 않고 더 깊은 곳으로 들어간다. 지금까지는 모르고 있었던 내면을 지금 나는 가지고 있다. 이제 모든 것이 그 속으로 들어간다. 거기에서 무슨 일이 일어났는지 나는 모른다. […] 내가 이미 말했던가? 보는 법을 배우고 있다고. 그렇다. 아직 서투르지만 주어진 시간을 잘 이용하려고 한다. 가령 지금까지는 얼마나 많은 얼굴이 있는지 한 번도 생각해본 일이 없었다.

— 릴케, 『말테의 수기』(11~12) 부분

　로댕은 자기 예술의 근본 법칙을, 다시 말해 자기 세계의 세포를 발견했다. 바로 표면이었다. 모든 것의 근원이자 각기 다른 크기로 서로 다르게 강조되고 정확히 규정된 표면이었다. 그 순간부터 표면은 그의 예술의 소재가 되었다.

— 릴케, 『로댕론』(163) 부분

　릴케의 로댕과의 만남은 파리 체험과 함께 이전 『기도시집 Das Stunden-Buch』(1899/1901)과 결별하는 계기가 된다. 보르프스베데 화가들에 대한 전기 『보르프스베데Worpswede』(1900~1902)

와 『로댕론』을 거치면서 "나는 떠오르는 노래로는 만족하지 못하네. 나의 변용을 위한 형상들을 찾는 일, 그 한 가지를 이룰 때까지 나는 쉬지 않으리라"고 다짐하는 릴케의 결의가 『기도시집』과 『신시집』의 분기점이 된 것이다. 그는 "떠오르는 노래"처럼 수동성과 영감에 의지하여 시적 주체의 정서를 노래하는 『기도시집』의 태도에서 벗어난다. 그는 객관적 사물 속에서 어떤 형상을 발견해내고 그 형상을 언어로 변용해내는 『신시집』의 능동성과 글쓰기 노동을 시적 원리로 삼는다. 그것은 조각가 로댕이 새벽부터 오후까지 매일 '정과 망치'로 거대한 돌을 깨고 다듬는 과정을 목격하면서 릴케가 자신의 시작 태도를 성찰한 계기에서 비롯된다. 로댕이 거대한 돌덩어리 속에서 '생각하는 사람'처럼 어떤 형상을 발견해내고 그 형상을 구현하기 위해 정과 망치로 노동하는 과정, 즉 예술작품으로 변용하는 과정을 목격했기 때문이다. 그것은 가시적인 사물, 거대한 돌덩이에서 비가시적인 '생각하는 사람'의 형상을 발견해내고 그 형상을 구현해내는 노동의 예술작업 과정에 대한 목격이다.

릴케의 시작 태도의 성찰은 사물을 다시 바라보고 다르게 바라보는 법의 필요성을 낳는다. 그는 "여느 때 같으면 끝이었던 곳에 머물지 않고 더 깊은 곳으로 들어"가서 사물을 다르게 바라보고 지금까지 알지 못했던 사물의 이면과 어떤 형상을 발견해내려 한다. 동시에 내면에서 '변용'해낸 사물의 형상을 그려내는 시쓰기를 실천하려 한다.

대지여, 그대가 원하는 것은 이것이 아닌가? 우리의 마음에
서
보이지 않게 다시 한 번 살아나는 것 ─ 언젠가 눈에 보이지
않게 되는, 그것이 그대의 꿈이 아니던가? ─ 대지여! 보이
지 않음이여!
변용이 아니라면, 무엇이 너의 절박한 사명이랴?
─ 릴케, 「두이노의 비가 9」 부분

『신시집』 이후의 『두이노의 비가*Duineser Elegien*』(1922)에서 그는 '변용'에 대한 시편을 완성하는데, 그것이 「두이노의 비가 9」이다. 대지로 비유되는 "사물은 이 세계와 더불어 시작" 되며 "사물은 곧, 이 세계"이다. 사람은 사물들로 둘러싸여 있으며 사람 또한 세계의 구성원으로서 사물이다. 사물은 세계 그 자체, '있음' 자체로 현존하고 현전하고 있다. 그러나 사물들 과 더불어 우리는 '지금─여기'에서 오직 한 번뿐인 시간을 살고 있는, 순간의 존재이다. 사물과 우리는 모두 죽음 직전에 놓인 존재이다. 사물은 덧없는 우리들과 함께 덧없이 있다. 사물은 우리와 함께 세계에 있으면서도 우리가 인지하지 못할

때 부재하는 현존으로서 세계에 있다. 사물은 있으면서도 있지 않은 것이 된다. 사물은 나타나지 않고 드러난다. 사물은 말이 없으며 말할 수 없는 침묵 속에 있다. 그리하여 가까이 있는 사물조차 보이지 않는다. 그런 이유로 말할 수 있는 우리는, 말할 수 없는 사물들에 대하여, 말하지 못하기 때문에 '거기–있음'을 인지시키지 못하는 사물들에 대하여 말해야 한다. "어쩌면 우리는 말하기 위해 이곳에 있는 것"이다. 보이지 않는 사물을 눈앞에 보이도록 말하고 보이지 않는 사물의 형상이 보이도록 말하는 시쓰기가 시인의 사명임을 릴케는 역설한다. 보이는 사물뿐만 아니라 보이지 않는 사물까지 다시 바라보고 다르게 바라봄으로써 사물의 형상을 발견해내고 "보이지 않게 다시 한번 살아"나도록 변용하는 것, 그것은 대도시 파리에서 상품의 물신성과 환등상에 그늘진 사물들을 구원해내는 일이다. "가장 덧없는 우리에게서 구원을 기대"하는 사물들의 본래의 자리, 그 대지로 귀향시키는 일이다. 이것은 릴케의 다르게 바라보기이며 사물들에 대한 존재론적 변용이다.

릴케는 변용을 통해 '형상'의 구현 방법을 모색한다. 로댕이 발견한 예술의 근본 법칙을 주목한다. "모든 것의 근원이자 각기 다른 크기로 서로 다르게 강조되고 정확히 규정된 표면"으로 예술작품이 현전하는 것임을 자각한다. 그는 거대한 돌덩이가 깨어지고 다듬어져서 구현된 예술작품의 형상은 어떤 추상

적인 개념으로 현전하는 것이 아님을 자각한다. 조각품의 아름
다움은 구체적이며 객관적인 사물의 '표면', 그 표면에 나타나
는 그 '무엇'임을 깨달은 것이다. 사랑과 이별의 슬픈 아름다움
은 사랑하고 이별하는 사람의 얼굴에 나타나는 미묘한 표정에
서 나타난다. 조각가는 "자연스런 사물의 겉면처럼 대기에
둘러싸여 그늘지기도 하고 햇빛에 노출되기도 하는 그런 표
면"(236)을 만들 뿐 그 밖에 다른 어떤 것도 만들지 않는다.
시인 또한 언어의 표면을 만들어야 할 필요성이 제기된다.

릴케는 『기도시집』처럼 시적 주체의 목소리가 전면에 드러
나는 '진술'을 버린다. 그는 사물의 형상을 빚어낼 언어의
표면을 전면에 드러내기 위해 '묘사'를 선택한다. 언술 방식의
변화와 함께 시적 주체와 시적 대상의 거리도 조정한다. 시적
대상에 대한 시적 주체의 직접적인 목소리는 절제된다. 시적
주체는 사물로부터 물러서서 일정한 거리를 유지하고 사물을
다르게 바라본다. 보이는 사물 내부에 자리 잡은 어떤 형상을
발견한다. 시인은 묘사를 통해 그 형상의 변용을 빚어내고
일상에서 볼 수 없었던 사물의 이면을 세계에 드러낸다. 그
사물이 우리와 함께 있으며 우리의 바깥에 있는 사물들의
세계, 그 자체의 있음을 드러낸다. 『신시집』은 우리가 보고
있으나 진정 우리가 바라보고 있지 못한 사물들의 세계, 그
자체의 순수 공간을 새롭게 드러내는 사물시집이다.

3. 바깥의 시학

릴케는 『보르프스베데』와 『로댕론』을 쓰던 1902년, 파리에 처음 체류하면서 『형상시집』을 출간하는데, 그 「서시」는 『신시집』을 예고한다. 『기도시집』의 잔향처럼 시적 주체인 '나'의 목소리가 전면에 드러나 있지만, 그 목소리보다 더욱 두드러진 것은 "한 그루 검은 나무"를 중심으로 그려 낸 사물들의 세계이다. 그는 무엇보다 "눈에 익은 것들로 들어찬 방에서 나와 보라"고 권유한다. 일상에서 익숙한 사물들로 가득 찬 방에서는 사물들이 '거기 있음'에도 불구하고 사물들이 잘 보이지 않기 때문이다. 그는 사물들이 '거기 있음'을 새롭게 알아차리고 다시 바라보기 위하여 "닳고 닳은 문지방"의 '바깥'으로 나아간다. 그 바깥, 거기에 "한 그루 검은 나무"가 있음을 발견하고 그 검은 나무를 중심으로 하늘에 "세계 하나"를 세울 수 있음을 본다. 검은 나무 하나가 어두운 하늘을 고독하게 떠받치고 있는 세계 하나. 매일 지나치면서 보고 있었으나 보지 못했던 "그 세계는 크고, / 침묵 속에서도 익어가는 한마디 말"처럼 바깥에 있다. '익어가는 한마디 말'은 나에게 말하고 있었으나 내가 듣지 못했던 사물들, 그 세계의 말이다. "네 의지가 그 세계의 뜻을 파악"하면 너의 두 눈이 그 세계를 풀어주고 그 세계의 말을 듣기 시작한다. 이처럼 릴케는 주관적 묘사를 통해 바깥에서 바라보는 사물들의 세계를 그려내는데, 사물시의 첫 시 「표범」에서 더욱 섬세한 사물들의 표면을 극대화하는 데 성공한다.

스치는 창살에 지쳐 그의 눈길은
이젠 아무것도 붙잡을 수 없다.
그에겐 마치 수천의 창살만이 있고
그 뒤엔 아무런 세계도 없는 듯하다.

아주 조그만 원을 만들며 움직이는,
사뿐한 듯 힘찬 발걸음의 부드러운 행보는
커다란 의지가 마비되어 서 있는
중심을 따라 도는 힘의 무도舞蹈와 같다.

가끔씩 눈동자의 장막이 소리 없이
걷히면 형상 하나 그리로 들어가,
사지四肢의 긴장된 고요를 뚫고 들어가
심장에 가서는 존재하기를 그친다.

— 릴케, 「표범–파리 식물원에서」(188~189) 전문

파리의 산책자로서 릴케는 파리의 거리에서 만난 자연물과 인공물을 사물시의 소재로 삼아 제목으로 전면에 내세운다. 「표범」은 자연물의 대표적인 사물시이다. "로댕의 아틀리에에는 그리스 시대에 만들어진 것으로 크기가 겨우 손만 한 표범 주상鑄像이 있다"[9]고도 하지만 릴케는 파리 식물원의 부속 동물원에서 직접 '표범'을 발견하고 바라본다. 릴케가 바라본 「표범」은 시적 주체의 진술을 최대한 절제하면서 창살에 갇힌 표범의 형상을 묘사한다. 동물원 우리에 갇힌 표범의 사실적인 묘사가 선행되고 나면 객관적 묘사에 담긴 표범의 형상을 해석해낸다. 그 형상은 시인이 표범의 내면으로 걸어 들어가서 변용된 세계의 형상이다. 가끔씩 소리 없이 걷히는 "눈동자의 장막" 그 너머의 세계이다. 시인은 일상적인 시선으로는 결코 바라볼 수 없는 세계를 표범의 형상을 통해 포착한다. 그 형상의 성공적인 포착은 "그에겐 마치 수천의 창살만이 있고 / 그 뒤엔 아무런 세계도 없는 듯", "커다란 의지가 마비되어 서 있는 / 중심을 따라 도는 힘의 무도舞蹈" 같다고 표현하는 직유법, 그 놀라운 언어의 표면을 통해 성취된다. 릴케의 직유법은 『신시집』을 관통하는 언어의 표면이며 사물들의 세계를 해석

9. 릴케, 앞의 책, 196쪽.

하고 변용해내는 릴케의 고유한 시적 양식을 정립시킨다. 시인이 변용한 표범의 형상과 직유법을 통한 언어의 표면은 표범을 사람들의 유희를 위해 전시된 사물로서의 효용적 지위를 중지시킨다. 그의 사물시는 자연 생명체인 표범, 그 자체로 귀환하는 시선의 출발점에 서 있게 한다. 파리 식물원의 표범은 릴케의 시적 변용을 통해 '표범', 그 생명의 세계로 되돌아가서 비참한 상태에 놓인 존재의 비극을 드러냄과 동시에 어떤 구원의 가능성을 얻을 수 있는 세계의 입구에 놓이게 한다.

> 그 썩은 배때기 위로 파리 떼는 윙윙거리고,
>   거기서 검은 구더기 떼 기어 나와,
> 걸쭉한 액체처럼 흘러나오고 있었다,
>   그 살아 있는 누더기를 타고.

> 그 모든 것이 물결처럼 밀려왔다 밀려 나갔다 하고,
>   그 모든 것이 반짝반짝 솟아 나오고 있었다;
> 시체는 희미한 바람에 부풀어 올라,
>   아직도 살아서 불어나는 듯했다.
>   — 보들레르, 「시체Une Charogne」[10] 부분

10. 샤를 피에르 보들레르, 『악의 꽃』, 윤영애 옮김, 문학과지성사, 2003,

보들레르의 「시체」라는 그 놀라운 시를 기억하시는지? 이제 나는 그 시를 이해할 수 있을 것 같소. 마지막 연을 제외하고는 그가 옳았소. 그런 일을 당하여 그가 달리 무엇을 할 수 있었겠소? 이 끔찍하고, 겉보기에 불쾌하게만 보이는 것 속에서 모든 존재에 필적하는 존재를 발견하는 것이 바로 그의 과제였던 것이오.

— 릴케, 『말테의 수기』(80~81) 부분

릴케는 보들레르의 시 「시체」로부터 놀라움을 경험한다. 썩은 배때기 속에서 기어 나오는 구더기 떼의 생명력을 "물결처럼 밀려왔다 밀려 나갔다"고, "반짝반짝 솟아 나오고 있었다"고 표현해내는 보들레르의 언어를 통해 추함 속의 아름다움, 죽음 속의 삶을 발견해내는 보들레르의 시적 능력에 감탄했기 때문이다. 보들레르는 사물을 바라보고 사물의 이면을 생동감 있게 묘사해냄으로써 다른 세계의 가능성을 발견한다. "썩어 문드러져도 내 사랑의 형태와 거룩한 본질을 / 내가 간직하고 있었다"(「시체」)고 진술한다. 그러나 릴케는 보들레르의 시적 경로에서 벗어나서 '시체'의 사물성을 변용하는 직유법으로

••
86쪽.

묘사해내고 그 시체로부터 일정한 거리를 유지하면서 우리가
망각하고 있는 죽음과 마주 서게 한다.

여기 그들은 누워 있다, 마치 이제라도
그들 서로뿐만 아니라 이 추위와도
그들을 화해시켜 이어줄 수 있는
하나의 행동을 생각해내려는 듯;

모든 일이 아직 결론 나지 않은 듯,
그들의 주머니에서 그 어떤 이름이
발견되었으랴? 그들의 입가에 그려진
권태를 사람들은 깨끗이 닦아 놓아,

그 입은 시들지 않고 지극히 순수해졌다.
턱수염은 예전보다 더 뻣뻣하게 매달려 있다,
그래도 관리자들의 구미에 따라 단정하게.

멍하니 바라보는 사람들에게 혐오감을 주지 않기 위해.
눈들은 눈꺼풀 저 뒤편에서 반대쪽을 향해
이제 안쪽을 들여다보고 있다.
　　　　　　　　　— 릴케의 「시체 공시장」(186~187) 전문

사람 또한 죽으면 완전히 사물로 귀환한다. 죽음은 살아 있는 동안 앙숙이던 사람들마저 한자리에 모이게 한다. 죽음은 사람들의 이름을 지우고 이름 없이 죽어 있는 시체, 사물의 상태로 출현한다. 시체는 망자들 앞에서 슬퍼하는 사람들에게 도처에 도사린 죽음을 감지하고 죽음을 바라보게 한다. 시체는 죽음을 체현한 사물로서 살아 있는 자와 죽은 자를 가른다. 시체는 살아 있는 자가 망각하고 있는 죽음을 바라보게 만드는 사물이다. '시체 공시장'은 죽음이 도열된 사물들의 전시장인 것이다. 그런데 우리는 시체를 통하여 죽음의 공포를 느끼고 죽음을 향해 바라볼 수 있을 뿐 죽음을 직접 경험하고 죽음 자체에 대하여 말할 수 없다. 그런 이유로 시체는 슬픔에 휩싸여 서 "멍하니 바라보는 사람들에게 혐오감을 주지 않기 위해 / 눈들은 눈꺼풀 저 뒤편에서 반대쪽을 향해 / 이제 안쪽을 들여다"본다. 마지막 연의 주관적 묘사가 발생시키는 효과는 시인이 직접 진술하는 시적 효과보다 매우 크다. 시체가 '눈꺼 풀 저 뒤편에서 반대쪽을 향한 세계는 우리가 살고 있는 세계였 음을 환기한다. 더불어 시체가 '이제 안쪽을 들여다'보는 세계 는 우리가 알지 못하는 죽음의 세계이자 일상적 의미가 중지되 고 삶의 바깥에 있는 사물들의 세계임을 암시한다. 릴케가 빚어낸 언어의 표면에서 아름다운 삶의 빛과 죽음의 그림자가 교차하는 지점이다. 릴케가 시체를 통해 죽음을 형상화한 변용의 이미지다. 그 세계는 우리가 바라보지 못하는 시선과 삶의 바깥에 있다.

생물들은 온 눈으로 열린 세계를 바라본다.
우리들의 눈만이 거꾸로 된 듯하며
생물들 주변에 빙 둘러 덫처럼 놓여
생물들의 자유로운 출입을 막는다.
외부에 존재하는 것, 그것을 우리는 동물의
표정에서 알 뿐이다; 우리는 갓난아이조차도 이미
등을 돌려놓고 사물들의 모습을 뒤로 보도록
강요하기 때문이다, 동물의 얼굴에 그토록 깊이 새겨져
있는
열린 세계를 보지 못하게. 죽음에서 해방되어.
죽음을 보는 것은 우리뿐이다; 자유로운 동물은
몰락을 언제나 뒤로하고
앞에는 신을 두고 있다, 일단 걷기 시작하면, 동물은
영원히 앞으로 걷는다, 마치 샘물이 흘러가듯이.
우리는 결코 단 하루도
꽃들이 끊임없이 들어갈 수 있는
순수한 공간을 앞에 두지 못한다. 항상 세계만 있을 뿐,

(중략)

이것이 운명이다: 마주 서 있는 것

그리고 오직 이뿐이다, 언제나 마주 서 있는 것.

— 릴케, 「제8비가」(475~476) 부분

　「표범」의 형상과 「시체 공시장」의 죽음 이미지가 일상적 의미의 바깥과 삶의 바깥을 향하는 것처럼 「두이노의 비가 8」은 "외부에 존재하는 것", 사물들의 세계, 사물시론을 전개한다. 생물들은 "온 눈으로 열린 세계를 바라"볼 수 있지만 우리는 열린 세계를 바라볼 수 없다. 열린 세계란 사물들로 이뤄진 세계이며 사물, 그 자체로서 언어 없이 현존하는 생물들과 사물들의 세계이다. 그 세계는 인간적인 것과 인간적인 의미가 깃들어 있지 않고 우리가 살아 있는 한 볼 수 없고 파악할 수 없는 세계이다. "꽃들이 끊임없이 들어갈 수 있는" 세계이지만 갓난아이도 인간으로 태어난 이상 그 세계로 들어갈 수 없는 "순수한 공간"이다. 순수한 공간으로서 열린 세계는 인간적인 것의 바깥으로서 일상적 의미와 삶의 의미가 중지된 사물들의 세계이다. 인간적인 의미로 규정된 '무엇은 ~이다'의 세계가 중지되고 그 모든 의미가 중지된 '~이 있다'의 세계와 '있지 않음이 있다'는 세계로서의 순수 공간이다. 그 순수 공간은 우리가 삶과 의미의 바깥으로 향할 때 진입을 허락한다.

그런데 그 바깥으로의 진입은 오직 죽음을 통해서만 가능하다. "죽어서 도달할 수 있고" "죽음과 가까이 있으면 죽음을 보지 못하니까" "바깥을 응시"하게 된다. "우리는 거기에 비친 바깥 세상의 영상만을 볼 뿐"이라고 진술할 때, 우리는 릴케의 '바깥의 시학'과 마주하게 된다.

우리는 순수한 공간의 "모든 것을 보며 결코 그것을 넘어서지 못"한 채 사물들과 생명들의 세계를 바라본다. 오직 사물들의 세계와 마주 서는 것. 마주 서서 "바깥세상의 영상"에 비친 우리의 내면을 들여다보는 것. 우리는 '있지 않음의 있음'의 사물들과 함께 항상 있다는 것을 내면에서 바라봐야 한다는 것. 그 내면 속에서 변용된 사물들의 형상과 사물로부터 감응받은 이미지가 펼쳐지는 순수한 공간. "끝을 향해 서둘러 가며 / 돌고 돌 뿐 목표는 없"는 '회전목마'의 바깥. 도시의 사물성과 모더니티의 바깥. "저편 멀리"를 지시하고 저편에서 "이따금 이쪽을 바라보는 미소"의 언어. 말할 수 없지만 말해야만 하는 언어가 출현하는 공간. 그리하여 세계의 내면 공간과 "언제나 마주" 설 때, 침묵으로 흘러넘치는 언어. 그것이 릴케의 '바깥의 시학'이며 도시의 사물들을 구원하는 언어이다.

문학의 바깥, 삶의 바깥

진 은 영

> 오, 시인이여, 말해다오, 그대가 하고 있는 일을. ─ 난
> 찬양한다오,
> 하지만 덧없고도 끔찍한 것.
> ─ 릴케, 「레오니 차하리아스를 위해」

1. 문학의 바깥

모리스 블랑쇼는 『미래의 책』의 마지막 장 「문학은 어디로
가는가」에서 문학의 경험에 대해 이렇게 말하고 있다. "문학의
경험은 분산의 체험 자체이며 단일성을 벗어나는 것에의 접근
이다. 화합, 일치, 직선을 모르는 것의 체험, 그러니까 실수와
바깥le dehors이며, 파악이 불가능하고 불규칙적인 것이다."[1] 이

··
1. 모리스 블랑쇼, 『미래의 책』, 최윤정 옮김, 세계사, 1993, 328쪽.

러한 규정에 따르면 '문학의 바깥'이란 이상한 표현일지도 모른다. 문학이 이미 바깥인데 문학의 바깥이란 도대체 무엇이란 말인가? 이 표현은 우선은 문학을 하나의 닫힌 공간으로 생각할 때만 가능한 것이다. 블랑쇼 역시 "문학은 글쓰기와 함께 시작"하며 글쓰기는 "의식儀式의 총체, 분명한 혹은 조심스러운 의례"라고 말한다. 이 의례에 의해서 "씌어진 것은 문학에 속하며 그것을 읽는 자는 문학을 읽는 것이라는 사건이 예고된다"는 것이다. 이 말은 "우리가 문학의 공간이라는 성스럽고 외떨어진, 닫힌 공간 속으로 들어온 것이라는 것을 알게 만들려는 목적"에서 특별히 고안된 수사이다.[2]

그러나 문학이 글쓰기라는 의례가 만들어내는 성스러운 공간에 머무는 것이기만 하다면, 문학은 바깥의 경험이 아니다. 그래서 블랑쇼는 다음과 같이 덧붙인다. "글을 쓴다는 것, 그것은 우선, 사원을 짓기에 앞서 그것을 부수는 것이다. 그것은 적어도, 문턱을 넘어서기 전에 그러한 장소의 속박에 대해서, 거기에 갇히겠다는 결정이 만들어낼 본래적인 잘못에 대해서 의문을 제기하는 것이다. 글을 쓴다는 것, 그것은 결국 그 문턱을 넘어서기를 거부하는 것, '글을 쓰기'를 거부하는 것이다."[3] 이렇게 말함으로써 그는 문학을 항상 문학[이라는

●●
2. 모리스 블랑쇼, 같은 책, 329쪽.

안정된 지평]의 바깥을 사유하는 것으로, 그리하여 바깥의 사유로 만든다.

문학이 늘 문학의 성소로 들어가길 거부하고 바깥에 존재한다는 말을 어떻게 이해할 것인가? 가장 쉽게는 새로운 문학이 낡은 문학을 넘어선다는 의미로 해석하는 것이다. 문학은 우리가 사용하는 일상 언어의 바깥으로 나아가는 경험인 동시에, 늘 새로운 실험을 통해 문학의 성소 혹은 사원을 부수고 새로이 갱신하는 경험이다. 이 새로운 실험은 전前 세대의 작가들에 대항해서만 일어나는 것이 아니라 자기 자신에 대항해서도 끊임없이 일어난다.

'문학의 바깥'이라는 제목이 붙은 이 글에서, 나는 작가의 내부에서 생겨나는 부단한 자기 실험의 욕구나 작가에게 부여되는 예술가적 소명에 대해 이야기하려는 것이 아니다. 그보다는 글을 쓰는 사람이 어떤 순간에 스스로가 지은 성스럽고 외떨어진 공간에 유폐된 듯한 이상한 기분에 휩싸이게 되는지, 그로 인해 바깥을 희망하게 되는지에 대해 말하고 싶다. 이 글을 우리가 어떻게 글쓰기를 시작하게 되는지, 어떻게 문학의 성소로 첫발을 내딛게 되는지에 대한 이야기로 시작해 보자.

3. 모리스 블랑쇼, 같은 책, 330쪽.

2. 글쓰기를 바라보는 심리학적 시선

어째서 한 사람이 글을 쓰게 되는지에 대해서는 여러 의견들이 있다. 어떤 소녀나 소년이 있고, 또 그들에게는 상처가 있고, 또 우연한 기회에 그들은 그 상처에 대해 무언가를 쓰게 되고 결국 좋은 작가가 되었다는 식의 이야기는 일반적이다. 행복하면 아무것도 쓸 수 없다. "행복은 새하얗기 때문에 흰 책장을 물들이지 못"하니까.[4] 미래의 작가가 될 아이들은 혼자 있으려는 성향이 매우 강하다고들 한다. 혼자 있으려는 성향은 왜 생기는가? 애착 이론가들의 설명에 따르면 이것은 일종의 회피이다. 아기는 엄마와 한참 떨어져 있다가 다시 함께 있게 되면 엄마의 시선을 피하고 포옹을 거부하는 모습을 보인다. 아기가 애착을 보여야 할 대상인 엄마에게 회피 행동을 하는 것은 "행동을 통제하고, 유연하게 행동하고, 체계적인 행동을 하기 위해서"라고 한다.[5] 엄마를 간절히 원할 때 곁에 없거나 엄마가 아기에게 겁을 주고 신체 접촉을 거부하면 아기는 애착과 분노 사이를 오가면서 혼란에 빠지게 된다. 이런 혼란과

· ·

    4. 데이비드 실즈, 『문학은 어떻게 내 삶을 구했는가』, 김명남 옮김, 책세상, 2014, 194쪽.

    5. 앤서니 스토, 『고독의 위로』, 이순영 옮김, 책읽는수요일, 2011, 154쪽.

행동의 분열을 차단하기 위해 아기는 엄마와 함께 하는 모든 일을 회피하게 되고 자라서도 타인과의 관계를 불편하게 여기며 지나칠 만큼 혼자 있기를 좋아하는 사람이 된다는 것이다. 결국 이런저런 이유로 제대로 된 애착 관계를 맺지 못한 불행한 아이가 혼자 있기 좋아하는 아이가 되기 때문에, 불행이 작가를 만든다는 결론이 반복되는 셈이다.

친밀한 관계를 맺는 일에 공포를 느끼는 일은 의학적으로 분열증의 대표적인 특징인데, 이 분류법에 딱 들어맞는 작가가 있다. 바로 카프카이다. 카프카는 절친으로 알려진 막스 브로트와도 마음을 터놓고 대화하지 못했으며, 사람들과 친해지는 데에 극심한 어려움을 느꼈다고 한다. 그는 "익숙지 않은 장소에서 수많은 낯선 사람들 혹은 낯설게 느껴지는 사람들과 있으면 방 전체가 가슴을 짓눌러 나는 움직일 수조차 없"다고 편지에 썼다. 그에게 함께 있기의 어려움은 낯선 사람과의 관계에서만 존재한 것은 아니었다. 우리가 잘 알고 있듯이 카프카는 사귀는 여성들과도 매번 어려움을 겪었고 약혼녀 펠리체 바우어와는 약혼과 파혼을 거듭하다 끝이 났다. 편지에서는 매우 다정하고 소소한 일상을 걱정하며 안달을 냈지만 정작 함께 있는 일은 꺼렸다. 정신의학자 앤서니 스토는 그 증거로 카프카가 펠리체에게 보낸 편지 한 통을 제시한다.

언젠가 당신은 내가 글을 쓰는 동안 곁에 앉아 있고 싶다고 말했어요. 그런데 당신이 그렇게 한다면 나는 아무것도 쓸 수가 없어요. 글을 쓴다는 것은 나 자신을 모두 드러내는 걸 의미하니까요. 자신을 있는 그대로 드러낼 때 다른 이들과 가까이 있으면 자신을 잃어버리는 느낌이 들어요. 그러니 제정신인 사람이라면 당연히 그런 상황을 피하려고 하겠지요. … 글을 쓸 때 사람은 철저하게 혼자여도 부족하고, 주위에 정적이 흘러도 부족하며, 캄캄한 밤이라도 부족해요.[6]

스토는 날 것 그대로의 자신을 들키거나 비난받지 않으려는 태도가 이 편지에서 엿보인다는 소견을 덧붙인다. 어쨌든 불행한 사람이나 슬픈 사람이 뭔가 쓰거나 그리게 된다는 견해는 매우 설득력이 있다. 화가 파울 클레는 말했다. "나는 울지 않기 위해 그린다. 그것이 처음이자 마지막 이유이다."

3. 상처의 바깥

이 견해에 나는 두 가지 생각을 덧붙이고 싶다. 먼저, 슬픈

● ●
6. 앤서니 스토, 같은 책, 158쪽에서 재인용.

사람 혹은 불행한 사람들이 뭔가를 쓴다고 하더라도, 글쓰기가 그를 슬픔 안에 내내 머물게 하지는 않는다. 오스카 와일드는 이런 아름다운 우화를 들려준다.

옛적에 청동으로만 생각할 수 있는 한 남자가 있었습니다. 어느 날 문득 그에게 어떤 생각이 떠올랐습니다. 즐거움, 한순간 머무르는 즐거움에 대한 생각이었습니다. 그는 그것을 말해야만 한다고 느꼈습니다. 하지만 이 세상에는 더 이상 한 조각의 청동도 남아 있지 않았습니다. 인간들이 모두 써 버렸기 때문이지요. 남자는 자신의 생각을 이야기하지 않으면 미쳐 버릴 것 같았습니다. 그는 자기 아내의 무덤 위에 있는 한 덩어리의 청동을 떠올렸습니다. 그가 유일하게 사랑했던 여자인 아내의 무덤을 장식하기 위해 직접 만든 조각상이었습니다. 그것은 슬픔의 조각상이었습니다. 영원히 지속되는 슬픔의 조각상이었죠. 남자는 자신의 생각을 이야기하지 않으면 미쳐 버릴 것 같았습니다. 그리하여 그는 그 슬픔의 조각상, 영원히 지속되는 슬픔의 조각상을 가져와 부서뜨려 불에 녹였습니다. 그리고 그것으로 한순간만 머무르는 즐거움의 조각상을 만들었습니다.[7]

‥
7. 오스카 와일드, 『와일드가 말하는 오스카』, 박명숙 옮김, 민음사, 2016,

쓰는 일은 기쁨으로의 이행을 가져온다. 슬픈 일을 쓰는데 기쁨이 발생한다. 차가운 장작으로 뜨거운 불을 피우는 일처럼, 슬픔의 조각상을 녹여 즐거움의 조각상을 만드는 일처럼. 그런 비유들이 보여주듯 글쓰기는 슬픔의 바깥, 혹은 상처의 바깥으로 나가는 일이다. 이상한 일이 벌어진다. 쓰고 있노라면 분명 슬픈데 즐겁고, 참담한데 기쁘다. 카프카의 「시골의사」에 나오는 소년의 고백처럼, 문학의 공간에서 상처는 일종의 재화처럼 느껴지기도 한다. "나는 아름다운 상처를 가지고 태어났어요. 그것이 내 밑천의 전부지요."

둘째, 글을 쓰는 그 불행한 사람은 누구인가? 700송의 시로 이루어진 힌두교 경전 『바가바드 기타』에 따르면 "인간은 아홉 개의 구멍이 뚫린 상처"이다. 영국 시인 프랜시스 톰슨은 또 이렇게 말했다(어느 소설가가 무척 마음에 들었는지 이미 자신의 소설에서 인용한 구절이다). "우리는 모두 타인의 고통 속에 태어나고 / 자신의 고통 속에 죽어간다." 고통이나 불행으로부터 쓸 권리가 주어진다면 누구나 마음껏 글을 쓸 수 있다. 유년 시절이 불행하지 않았다고 해서 작가가 되지 못할까 봐 걱정할 필요는 없다. 불행과 고통은 늘 우리에게 차고도

• •
156쪽.

넘친다. 그리고 앞서 말했듯이 우리는 쓰는 일을 통해 그것의 바깥으로 나가거나 적어도 바깥을 내다보게 된다.

4. 작가가 된다는 것

심리학은 주로 외톨이들, 인간관계에 서툰 사람들이 작가가 된다고 말하긴 하지만, 다른 한편으로 인간관계만이 우리의 삶이 추구해야 하는 유일한 목표라고 하지는 않는다. 혼자 있는 능력, 즉 고독의 능력은 삶을 풍요롭게 하는 능력이며, 혼자 있는 시간은 자신과 관계 맺는 소중한 시간이다. 그런 관점에서라면 홀로 있는 상태는 결핍이 아니라 오히려 애써

렘브란트, <명상 중인 철학자>, 1632.

추구해야 할 필수적인 상태가 된다. 역사가 에드워드 기번은 예술가들이 고독을 즐겼다는 것을 매우 강조했다. "대화는 서로를 이해하게 하지만, 천재를 만드는 것은 고독이다. 온전한 작품은 한 사람의 예술가가 혼자 하는 작업으로 탄생한다." 물론 예술가만 그런 건 아니다. 우리는 독신으로 살았던 위대한 철학자들의 이름을 곧장 다섯 명 이상 댈 수 있다. 스피노자, 니체, 칸트, 키르케고어, 쇼펜하우어 등등. 우리는 카프카의 관계불안을 보여주는 명확한 증거였던 편지를 그가 얼마나 고독을 사랑하고 고독의 시간을 철저히 확보하려고 노력했는 지를 알려주는 웅변적인 증거로 다시 소환해 올 수 있다.

그러나 심리학의 두 가지 설명은 한 가지 사실에서는 일치를 보기도 하는데, 그것은 바로 작가는 '외톨이'라는 것이다. 불행한 유년을 보낸 덕택에 관계의 기술이 평균 이하의 수준이어서 그렇든, 불 위에서 쉽게 구부러지는 금속처럼 순응적인 자아, 이른바 거짓 자아를 거부하고 오직 자기 자신이 되기 위해서 그렇든, 작가는 늘 '혼자 있는 사람'으로 표현된다. 항상은 아니지만 적어도 작업을 할 때만큼은, 혹은 작업을 하기 위해서 는 충분히 혼자 있어야만 하는 사람이다. 물론 이 결론은 심리학 자들뿐만 아니라 작가들 자신에게도 대체로 지지를 받는다. 시인 로버트 블라이는 말한다. "고독 속에서 보내지 않은 모든 날들은 낭비였다." 거의 모든 분야에서 세일즈맨 유형의 사람들이 사랑을 받은 이 시대에 여전히 사교성을 지양하는 의식적 외톨이들이 존중받는 유일한 분야는 아마도 예술일 것이다. (아닌가?)

작가들은 주로 책상에 앉아서 인생의 대부분을 보낸다. 월트 휘트먼은 자연을 찬미한 것으로 유명한 시인이다. 그런데 휘트먼 연구자들의 보고에 따르면, 휘트먼은 자기 방 밖을 나간 적이 별로 없다. 모두들 결사적으로 확보한 고독의 시간 내내 책상에 앉아 무척 많은 독서를 하고 그다음엔 쓰고 고치고 또 쓴다. 애니 딜러드는 『작가살이』에서 이렇게 말했다. "작가는 세상이 아니라 문학을 공부한다." 물론 이것이 유일하게 훌륭한 삶의 방식은 아닐 수 있다. 그래서 딜러드는 이렇게 덧붙이기도 한다. "많은 훌륭한 사람들이 밖에서 살고 있다. 그들은 그날 괜찮은 문장을 하나도 쓰지 않았음에도 불구하고 잠을 푹 잘 수 있을 정도로 양심에 거리낌이 없는 사람들이다." 동감한다. 그런데도 작가들은 이 고독의 시간에 대한 욕구를 멈출 수가 없다고 혼잣말을 한다.

도대체 그렇게 마련한 고독의 시간에 작가는 무엇을 하는가? 모두들 쉽게 대답할 수 있을 것이다. "그가 쓸 수 있는 가장 위대한 작품을 향해 나아가겠지." 위대한 예술 혹은 탁월한 작품에의 헌신이라는 주제에 대해 오스카 와일드는 발랄하게 말했다. "내 취향은 아주 단순하다. 난 언제나 최고에 만족한다." 그렇다면 예술가는 왜 최고가 되려고 할까?

5. 패터슨이 보여주는 문학의 바깥

예술가가 고독 속에서 탁월한 작품을 완성하기 위해 인생을 송두리째 바친다는 널리 알려진 이 생각은 예술을 작업 또는 제작work으로 보는 관념에서 비롯된 것이다. 나는 얼마 전 다른 글에서 버스 운전사와 그의 아내의 일상을 그린 짐 자무쉬의 영화 <패터슨>(2016)을 분석하면서 주인공 로라와 패터슨을, 각각 제작자와 행위자라는 두 가지 예술가 유형을 보여주는 사례로 든 적이 있다. 앞서 이야기했듯이 예술가는 외톨이고 탁월성을 추구하고 작품을 통해서 세계 속에 영원히 남으려고 한다. 이런 예술의 활동을 아렌트는 작업이라고 불렀다. 모델, 즉 '정신의 눈에 보이는 이미지'가 있고 이 모델을 제작하여 결과물을 완성하는 것이 작업이다.[8] 그래서 작업은 언제나 결과물의 성취로만 평가받는다. 아무와도 대화하지 않은 채 집 안에서 무언가 만드는 일에 몰두하는 로라는 전형적으로

••

8. 나카마사 마사키, 『한나 아렌트 『인간의 조건』을 읽는 시간』, 김경원 옮김, 아르테, 2017, 259쪽.

제작자로서의 예술가의 모습을 보여준다.

로라는 버스 운전사이면서 시를 쓰는 남편 패터슨에게 그가 쓴 시를 복사해서 잘 보관했다가 시집으로 출판하라고 간청한다. 다행히도 로라는 패터슨의 시쓰기를 매우 자랑스러워하고 그의 문학적 삶을 잘 이해해주는 좋은 동반자이다. 물론 예술가에 대한 영화나 일화들에서 종종 볼 수 있는 악처나 완고한 부모들이 이 영화에 등장했다면 패터슨에게 이렇게 말했을 것이다. '돈도 안 되는 걸 왜 쓰니! 아니 방구석에서 너 혼자만 볼 거면 왜 쓰냐고!' 다정하고 고상한 로라는 그렇게 말하지는 않는다. 로라는 시집을 출간할 의사가 전혀 없는 남편을 독려하며 '당신은 단테처럼 위대한 작가'라고 말하려는 듯 도시락통에 단테의 초상화를 붙여놓는다. 또 위대한 시인 페트라르카의 연인 이름도 '로라'였음을 알려준다. 당신은 위대한 시인과 닮은 점이 많다는 이야기다.

그러나 상냥한 지지와 격려의 제스처 뒤에는 단호한 주장이 있다. '당신은 시들을 혼자 보지 말고 시집으로 만들어야 해. 시집으로 큰돈을 벌 수도 있을 거야.' 물론 로라는 돈 이야기를 직접 꺼내지는 않지만, 패터슨이 시집을 내면 돈을 벌 수 있을 거라고 믿었을 것이다. 현대사회에서는 공적 영역에서 탁월한 예술작품에 부여되는 찬사가 경제적 보상과 동일시되기 때문이다.[9] 예컨대 노벨 문학상 수상작이 된다는 것은 출판 시장에

서 엄청난 판매 수익을 보장받는 책이 된다는 것을 뜻한다.
고대에서도 작업의 결과물이 공적 성격을 획득하는 방식은
시장과 무관하지 않다. 아고라는 시민들이 모여서 연설하고
토론하는 광장인 동시에 시장이 서고 거래가 이루어지는 곳이
었다. 시장에 나와서 장인들은 자신의 작품을 '진열'하고 자신
이 작업하는 모습을 보여주기도 했다. 진열한다는 것은 만들어
진 작품이 '공적 영역의 공개성'을 갖는다는 뜻이다.[10]

이처럼 제작자로서의 예술가는 고독하게 작업하고 위대한

9. 다음을 참고하라. 진은영·김경희, 「영화 <패터슨>에 나타난 시(詩)와
예술의 공공성」, 『문학치료』 50권, 한국문학치료학회, 2018, 7~8쪽.
10. 다음을 참고하라. 나카마사 마사키, 앞의 책, 299~301쪽.

작업물을 들고 공적 영역에 나온다. 그러나 패터슨은 우리가 지금까지 다룬 고독한 예술가와 반대의 모습을 보여준다. 평론가 리처드 브로디는 『뉴요커』의 리뷰에서 영화 <패터슨>이 '고독한 예술가의 신화'를 보여준다고 썼지만 여기에 동의하기는 어렵다. 패터슨의 일상은 항상 대화로 가득하다. 그는 말수가 적지만 늘 대화에 참여한다. 매일 동료의 이야기를 듣고 퇴근길에 만난 어린 소녀와 대화하고, 집에 와서는 아내와, 동네 술집에 가서는 주인이나 손님들과 이야기를 나눈다. 영화의 마지막 에피소드는 낯선 일본인 관광객과 벤치에 앉아 패터슨 시市에 살았던 시인들, 윌리엄 카를로스 윌리엄스와 앨런 긴즈버그에 대해서 대화한다. 이토록 적은 말로 충분한 대화를 나누는 패터슨을 보고 있노라면, 우리가 대화라고 부르는 것들은 모여서 혼자 떠드는 이야기인 경우가 허다하다는 것을 느끼게 된다. 모두 말하지만 아무도 듣지 않는다. 패터슨이 경청하기 때문에 그의 주변으로 몰려드는 이야기들은 대화가 되고 그 대화들로 이루어진 삶의 이미지들이 그의 시를 이룬다. 그런 점에서 패터슨은 고요하긴 하지만 고독한 예술가로 보이지는 않는다. 그런데도 브로디가 패터슨을 고독한 예술가로 여기는 것은 그가 시집을 출간하고 그것으로 동료 문인들과 소통하거나 공적 인정과 명성을 얻기 위해 노력하지 않는다는 점 때문일 것이다.

로라의 노력에도 불구하고 결국 패터슨은 오랫동안 썼던 시들을 모두 분실한다. 그는 잠시 상심한 듯 보이긴 하지만, 결국 그것들은 '물 위에 쓴 낱말들'이라는 것을 깨닫는다. 그렇게 함으로써 그는 문학 장場의 순환 구조를 거부하는 것처럼 보인다. 작품을 쓰고 책으로 만들고 문단이나 시장에서 인정과 평가를 받고 또다시 작품을 쓰고 그다음 책을 내는 것은 자연스러운 일이다. 그것은 전혀 이상한 일이 아니고 나쁜 일은 더더욱 아니다. 그런데 패터슨은 작품을 발표하는 일에 무관심하다. 그리고 무관심은 작품이 아직 무르익지 않았다고 느끼기 때문에 공개를 꺼리는 예술적 숙고에서 비롯된 것도 아니다. 그는 결과물의 탁월성을 추구하지 않을 뿐이다. 그는 시를 쓰면서 생겨나는 상호작용에만 관심을 갖는다. 시 쓰는 일은 자신이 만나는 사람들과 주변의 다양한 사물들이 뿜어내는 기호에 그가 더 민감해지도록 만든다. 그는 공책에 시를 쓰면서 그 모든 것을 새롭게 감각하고 의미화한다. 아마도 그는 시쓰기를 '눈사람 만들기와 비슷한 것' — 이 비유는 지난해 내 수업을 들었던 한 학생의 표현이다 — 으로 생각하는 듯하다. 눈사람을 만드는 일은 즐겁고 아름다운 일이지만 완성된 눈사람을 냉장고에 보관하는 사람은 없다. 며칠 후면 눈사람은 녹아버리고, 다음 해 눈 내릴 때 우리는 다시 모여 눈사람을 만들 것이다. 아무리 예쁘게 만들어도 눈사람은 곧 사라지지만 우리는 눈사람을 만들 수 있을 만큼 충분히 내린 눈들, 아무도 밟지 않은 새하얀 눈밭, 함께 눈사람을 만들던 아이들의 빨갛게 얼어붙은 볼들, 그들의 이마를 따뜻하게 덮어주던 모자들의 여러 색깔, 눈사람을 굴리고 난 뒤의 기분 좋은 피로들을 기억하는 일로 충분하다고 느낀다. 눈사람 만들기가 골목길 풍경과 하나가 되고 쌓인 눈의 질감을 느끼고 버려진 연탄재의 모양에 갑작스러운 관심을 유발하게 만드는 것처럼 시쓰기는 그가 삶의 모든 결들과 상호작용하도록 만든다.

우리의 어떤 활동이 관계의 그물망으로 들어가 새로운 만남들을 만들고 그것을 통해 우리 자신이 새롭게 표현되도록 하는 일을 아렌트는 '행위'라고 불렀다. 행위는 제작하는 일인 작업과 달리 과정에 집중하고 결과물을 중시하지 않는다. 이 점에서 패터슨은 행위자로서의 예술가에 가까운 인물이다. 하지만 결과물을 중시하지 않아도 모든 시쓰기는 시라는 결과물을 낳는다. 춤이나 연극처럼 수행적 과정과 결과물이 동일시되는 예술 장르는 아니기 때문이다. 그런 점에서 패터슨이 시쓰기를 작업이 아닌 행위의 관점에서 바라본다는 것은 결국 작품의 탁월성에 대한 무관심에서 드러난다. 어떤 작품을, 혹은 작품의 어떤 속성을 탁월한 것으로 볼 것인지는 사람마다 다를 수 있지만, 다양한 의견 차이에도 불구하고 문학작품의 생산과 소비에서 탁월성의 추구는 무척 정당하고, 의심하기에 거의 불가능한 목표이다. 그런데 패터슨이 보여주는 것은 탁월성의 관념을 제거한 문학이다. 그는 탁월성을 축으로 자전하는 문학의 행성에서 벗어나면 우리에게 무슨 일이 생기는지를 묻게 만든다. 탁월한 문학의 바깥에는 무엇이 있을까?

6. 문학에서 탁월성의 관념이 사라진다면?

패터슨의 무관심은 우리에게 이상하고 불편한 것이다. 결과물의 탁월성에 무관심한 작가는 주로 두 부류라고 우리는 믿는다. 아마추어 작가거나 나르시시스트 작가. 우리는 아마추어 작가들의 작품 수준을 문제 삼지는 않는다. 패터슨은 단지 버스 운전사일 뿐이다. 중요한 것은 아무리 서툰 시일지라도 그가 시를 쓴다는 점이다. 그래서 패터슨 자신도 시를 쓴다는 데에만 의의를 두고 있는 것일까? 이와 달리 자기 작품에 대한 확신이 과도한 경우에도 탁월성에 대해 무관심할 수 있을 것 같다. 오스카 와일드는 자신의 유머러스한 자서전 『와일드가 말하는 오스카』에서 이런 일화를 소개한다.

누군가 와일드에게 모든 시대를 초월한 명작 백 권을 소개해 달라고 요청했다. "그럴 수는 없을 것 같은데요." 그가 대답했다. 그 이유를 묻자 와일드는 이렇게 대답했다. "난 아직 다섯 권밖에 쓰지 않았거든요."[11]

버스 운전사의 글쓰기. 이것은 노동자 계급의 아비투스 Habitus를 위반하는 활동으로 사회학적으로는 매우 감동적인 사건이다. 그래서 CEO들의 아마추어적 글쓰기를 혐오하는 사람도 노동자나 문맹자 할머니들의 글쓰기에 대해서는 호의적이다. 그렇지만 많은 사람들이 이 글쓰기의 사건을 문학적 수준의 측면에서는 다시 고민해봐야 한다고 생각한다.

나르시시스트 작가의 글쓰기. 글을 쓰는 사람들은 오스카 와일드의 유머에서 청량감을 느낄 것이다. 가장 탁월하다고 인정받는 작가들조차도 늘 자기 작품에 대해 의심하고 불안해한다. 외부의 평가를 두려워해서만은 아니다. 그는 이전에 썼던 작품보다 더 나은 작품을 쓰지 못할 것 같은 불안에 시달리곤 한다. 줄리언 반스는 이렇게 말했다. "내 안에 책이 단 한 권뿐이면 어쩌지? 라고 생각했어요. 그러니 두 번째 소설은 쓰기가 더 어렵기 마련이지요." 내게 허락된 작품이 한 권뿐이라면 그다음 글쓰기는 아무리 노력해도 책이 아니라 그저 끄적거린 메모의 잡동사니에 불과하게 될 것이다. 오스카

11. 오스카 와일드, 앞의 책, 30쪽.

와일드의 나르시시즘적 확신은 대부분의 작가들이 작품을 쓰는 동안, 혹은 쓰고 난 뒤에 느끼는 불안과 고통을 잠시 이완시키면서 그들을 웃게 만든다.

그러므로 탁월한 문학의 바깥은 상상하기 어렵고— 탁월성을 추구하지 않는 작가들은 없으니까— 또 곤란하다. 그 바깥이란 대중문학의 광활한 바다에 떠 있는 순수문학의 외딴섬처럼 모두들 (적어도 순수문학 작가들은) 원하지 않은 풍경일 테니까. 그런데도 나는 문학에서 '탁월성의 관념'이 사라지는 순간을 희망한다. 이유는 두 가지이다. 첫째, 탁월성의 관념은 글쓰기의 시작始作을 방해한다. 문학이 그토록 아름다운 인간적 활동이라면 왜 소수의 사람들만이 써야 하는가? '시쓰기는 정말 멋진 일이죠 시를 쓰세요'라고 말하면, 대개는 이런 답변이 돌아온다. '시라니 무슨 말씀! 그건 재능 있는 사람들이나 하는 활동이죠 내 글쓰기의 결과물이 얼마나 유치하겠어요? 생각만 해도 화끈거리네요.' 결과물이 어떠한지는 써봐야 아는 일이다. 탁월할 수도 있고 아닐 수도 있다. 그런 점에서 정확히 말하자면 탁월성이 아니라 탁월성을 가져야만 한다는 관념이 우리의 문학적 민주주의를 방해한다.

둘째, 이것이 내 개인적으로는 더 중요한 이유이다. 나는 탁월성의 관념을 버림으로써 작품에 갇힌 상태에서 벗어날 수 있기를 기대한다. 작가는 탁월성의 관념으로 인해 아주 빈번하게 작품의 노예가 된다. 매우 아이러니한 측면이다. 글쓰기는 삶의 체험을 풍요롭게 하지만 글을 쓰느라 인생의 대부분을 보내는 사람들의 삶은 풍요롭지 않다. 작가의 삶은 감각적으로 빈곤하다. 그런 이유로 예이츠는 삶을 완성할 것인지 작품을 완성할 것인지 선택해야 한다고 말하기도 했다(「선택」). 이와 비슷한 맥락에서 작가들은 윤리(삶)인가 문학인가, 혹은 정치(삶)인가 문학인가를 선택해야 한다고 들어왔다. 그것은 누군가 '윤리적 문학'을 말하면 윤리에 종속된 문학으로, '정치적 문학'을 말하면 정치에 종속된 문학으로 곧바로 번역된다는 뜻이기도 하다.

관념상으로는 철저하게 윤리의 바깥에 있는 문학, 정치의 바깥에 있는 문학이란 참으로 이상한 말이다. 그 바깥의 문학이 새로운 윤리를 구성하는 문학, 새로운 정치를 구성하는 문학을 의미하는 게 아니라면 항상 특정한 윤리나 정치를 품고 있을 수밖에 없는 '삶 자체'를 배제하는 문학이라는 말이 된다. 삶의 철저한 외부로서 문학이란 도대체 어떤 문학일까? 문학은 삶이 아니라는 말일까? 아무도 이런 식으로 바깥의 문학을 말하지는 않을 것이다. 삶의 바깥으로서 문학을 말할 때 그것은 습관화된 삶의 흐름을 넘어서 새로운 삶을 꿈꾸게 하는 문학적 활동을 말하는 것이다. 또 문학의 바깥으로서 삶을 이야기할 때 그것은 문학의 새로운 영토를 발견하게 하는 문학의 근본적 힘으로서 삶이 작동한다는 것이다. 그렇다면 작가들은 도대체 무엇을 고민하는 것일까?

파리 리뷰와의 인터뷰에서 커트 보네거트— 그는 대학에서 화학을 공부했다— 는 그래픽 아티스트 솔 스타인버그의 견해를 빌려 말한다. "그는 예술가는 두 종류가 있는데, 한 부류는 지금까지 나온 작품의 역사에 반응하고, 다른 부류는 인생 자체에 반응한다고 말했지요. 저는 두 번째 범주에 속하죠. 문학을 체계적으로 공부한 적이 없으니 제 문학적 조상들과 게임을 할 수가 없었어요."[12] 작가는 세상이 아니라 문학을 공부한다고 했던 딜러드의 말을 상기하지 않을 수 없다. 작가들은 탁월한 작품의 역사를 섭렵해야 하고 그들의 탁월한 문학적 선배들과 겨루어야 한다고 믿는다. 그러기 위해서는 거의 인생의 대부분을 서재에 갇혀서 뭔가 읽고 쓰게 된다. 자신을 인생 자체에 반응하는 예술가로 분류했던 보네거트도 같은 인터뷰에서 이렇게 말한다. "지푸라기 같은 재능이라도 붙잡고 최대한 멀리 그리고 빨리 달려야 한다고 생각해(왔어요) … 재능 있는 두 딸이 있는데, 그 애들이 재능을 움켜쥐고 필사적으로 달린다고 해서 침착함과 유머 감각을 잃게 될 일은 결단코 없을 거예요. 그 애들은 제가 필사적으로 달리는 모습을 봐

- -
12. 파리 리뷰, 『작가란 무엇인가 3』, 김율희 옮김, 다른, 2015, 103쪽.

왔고, 틀림없이 정신 나간 짓으로 보였을 겁니다. 이건 최악의 비유네요. 그들이 실제로 본 건, 수십 년 동안 꼼짝 않고 앉아 있는 남자였으니까요."[13] 그러니까 인생에 반응하는 작가일지라도, 탁월한 작품을 써야 하고 그러기 위해선 쉬지 않고 써야 한다는 관념에서 벗어날 수 없는 한, '꼼짝도 않는 삶'에서 벗어나기란 거의 불가능하다. 작가들은 시민의식이 부족하거나 정치적으로 보수적이어서가 아니라 글 쓰는 시간을 확보해야 한다는 욕망 때문에 우리가 사회적·정치적 실천이라고 부르는 일련의 일들에 소극적으로 되기 쉽다. 글 쓰는 삶을 위해서는 다른 삶들을 포기해야 하는 상황이 작가 앞에 놓여 있다는 예이츠의 지극히 물리적인 결론으로 우리는 다시 되돌아가게 되는 것이다.

7. 탁월성 바깥의 문학: 아마추어 문학

문학에서 탁월성의 관념을 제거한다는 것은 글을 쓰면서 작품이라는 결과물에 연연하지 않는다는 것이다. 어떤 이들은 문학의 공간이 이미 아마추어 문학이나 대중적인 소비문학들로 붐비고 있는데 탁월성의 관념과 거리를 둔다니 그야말로 상황을 더 악화시키는 나이브한 태도가 아니냐고 반문할지도 모른다. 아마추어 — 이 단어에는 전문가 집단의 엘리트주의적 관점에서 비롯된 비하의 뉘앙스가 따라다닌다. 그러나 나는 이 단어에 그다지 거부감이 없다. 롤랑 바르트의 대담을 읽고는 이 단어가 무척 좋아지기까지 했다. 바르트는 '아마추어'가 "문명으로부터의 해방"을 의미하는 단어라고 말한다. 아마추어로서 무엇을 그리거나 칠할 때 우리는 "이마고 — 즉 데생이나 그림을 그리면서 자신에 대해 투사하게 될 이미지"에 신경 쓸 필요가 없어진다는 것이다. 이것은 새로운 문명사회를 뜻하기도 하는데 그 사회에서는 "존재들이 다른 사람들에게 불러일으키게 될 이미지에 신경 쓰지 않고 행동할 수 있는" 자유를 지니게 된다.[14] 그다음에 계속 이어지는 바르트의 문장들을 길게 인용해보자면,

바르트: 실천적인 측면에서 아주 중요한 이 주제를, 나는 이론으로 전환시킵니다. 미래의 사회, 완전히 소외되지 않은 사회, 글쓰기의 측면에서 단지 아마추어의 활동만을 인정하게 될 그런 사회를 상상할 수 있기 때문입니다. 이것은 특히

..
14. 롤랑 바르트, 『텍스트의 즐거움』, 김희영 옮김, 동문선, 1997, 208쪽.

텍스트 영역에서 가능합니다. 사람들은 즐거움을 위해 글을 쓰거나 텍스트를 쓰며, 타자에게 야기할 수도 있는 이미지를 걱정하지 않고 글쓰기의 즐김을 활용할 수 있을 것입니다.

인터뷰어인 브로시에는 바르트에게 피아노 연주에 대해 묻는다. 바르트는 글쓰기의 아마추어는 아니므로 다른 예술 장르에서의 아마추어 체험에 대해 질문하는 것이다.

브로시에: 음악과의 관계는 어떻습니까? 나는 아마추어로서 음악을 연주한다. 그러나 피아노는 규칙적인 연습, 지속적인 노력을 요한다고 말씀하셨는데 ….

바르트: 어린 시절 나는 피아노를 쳤습니다. 바욘에 사는 고모가 피아노 선생님이었고, 그래서 음악적인 분위기 속에서 살았습니다. 그러나 더 이상 피아노를 연습하지 않은 후부터는 어떤 기술도 습득할 수 없었고, 또 속도도 낼 수 없었습니다. 다만 아주 일찍부터 악보 읽는 법을 배웠기 때문에 손가락이나 겨우 놀릴 수 있는 정도지요. 그래서 악보는 해독할 수 있지만, 연주는 할 줄 모릅니다. 그렇지만 이것은 진정한 아마추어 활동에 걸맞는 것입니다.

아주 느린 속도와 가락이 맞지 않는 음을 통하여, 그래도 난 음악적 텍스트의 물질성에 도달합니다. 그것이 내 손가락으로 전해져 오기 때문이지요. 음악의 관능성은 순수하게 청각적인 것만은 아닌, 또한 근육질적인 것이기도 합니다. 아마추어는 소비자가 아닙니다. 아마추어의 육체와 예술의 접촉은 아주 긴밀하며, 현존하는 것입니다(인용자 강조). 바로 그 점이 아름다우며, 바로 거기에 미래가 있습니다. 그러나 우리는 여기서 또 한 번 문명의 문제로 넘어가게 됩니다. 기술의 발전과 대중문화의 발전은 연주자와 소비자의 분리를 끔찍할 정도로 심화시키고 있습니다. 우리 사회는 상투적인 것을 활용하는—이런 말을 할 수 있다면—소비 사회이지, 아마추어 사회는 전혀 아닙니다.[15]

바르트의 대담은 내가 말하고 싶었던 두 가지 견해를 명료하게 말해주고 있다. 첫째, 잘 써야 한다거나 잘 그려야만 한다는 생각으로부터 방해받지 않을 때, 그 사람은 자유롭고 즐겁게 쓰고 그리는 일을 시작할 수 있다. 그것은 문학의 퇴보가 아니라 문학의 민주주의를 실현하는, 우리가 희망해도 좋을 만큼 아름다운 사회로 향하게 한다. 둘째, 문학적 생산에서 탁월성의 강조는 재능의 선을 따라 생산자와 소비자를 철저히 이분화하는 경향이 있다. '재능 없는 자들이여, 너희들은 행위하는 대신

15. 롤랑 바르트, 같은 책, 208~209쪽.

소비하라'고 문학은 명령한다. 순수문학이 대중문학과 다른 점은 일반소비자가 아닌 고급소비자를 원한다는 것이다. 오직 소비자를 원한다는 측면에서는 그 둘이 별 차이가 없어 보인다.

8. 잘 쓰는 기쁨에 관하여

다른 자리에서 내가 비슷한 요지의 이야기를 했을 때 토론을 함께했던 조강석 평론가는 조심스럽게 질문했다. "예술의 매개 자체로부터 오는 즐거움도 있지만 매개를 잘 다룰 줄 아는 데서 오는 즐거움도 있지 않겠습니까? 이것이 온전히 과정에 대한 만족으로 대체될 수 있을지요?"[16] 쉽게 말하면 쓰는 기쁨도 있지만 '잘' 쓰는 기쁨도 무시할 수는 없다는 것이다. 예술 활동을 하는 데 의의를 두면서 만족하는 것도 소중하지만 최고의 결과물이 나왔을 때 느끼는 즐거움은 엄청나다. 탁월한 결과가 주는 즐거움은 과정의 향유에서 오는 단순한 만족을 넘어선다. 결과의 탁월성을 포기하는 순간 우리는 예술에서 반쪽짜리 기쁨만을 가져가는 셈이 될지도 모른다. 그러나 조강석 평론가는 예술 활동에서 탁월성이 단순히 완성된 결과물의

16. 조강석, 네이버 열린 연단 「시(인)의 사회적 위치와 역할」 토론문.

문제이기만 하겠는가라고 묻는 듯하다. 그는 티에리 드 뒤브가 말하는 '재능–메티에르métier–모방'이라는 예술의 전통적 모델을 언급하면서 과정에서의 숙련성이 확보될 때 예술 활동은 더욱 기쁜 일이 될 것이라고 말한다. 이 물음은 우리에게 매우 중요하다. 흔히 예술에서 탁월성은 결과의 탁월성을 의미한다. 그런데 과정에서도 탁월하다는 말이 가능할까? 조강석 평론가는 이것을 과정의 숙련성이라고 명쾌하게 대답한다. 숙련된 장인이 탁월한 작품을 생산하기 때문에 일반적으로는 과정이 탁월하면 결과도 탁월하다고 말할 수 있을 것이다. 앞서 나는 문학에서 탁월성의 관념을 제거하자고 제안했다. 그런데 나는 탁월성을 두 가지로 구분하고 과정의 영역에서는 탁월성을 남겨 두어야 할 필요성 역시 느낀다.

먼저 결과의 탁월성은 작가들에게도 글쓰기의 본질적인 요소가 아니라는 점을 밝히고 싶다. 즉 글을 쓴다는 것이 좋은 작품을 쓰기 위한 활동은 아니다. 모든 작가가 탁월한 작품의 생산을 강박적으로 열망함에도 불구하고, 탁월성은 작가의 글쓰기에 본질적이지 않다. 줄리언 반스는 말한다. "제가 존경하는 존 업다이크처럼 오륙십 권의 책을 낸, 엄청나게 다작을 하는 작가들도 있습니다. 그의 '토끼 4부작'은 전후 위대한 미국 소설 가운데 하나입니다. 그런데 그에게 '이봐요. 제발 토끼 4부작을 쓰고 난 뒤니 그만둬 줄래요?'라고 말할 수는 없죠"[17] 전성기를 지난 스포츠 선수는 대부분 은퇴하지만 전성기만큼 탁월한 작품을 쓸 수 없다고 글쓰기를 그만두는 작가는 별로 없다.

최악의 경우, 독자는 작가에 대한 사랑을 지키고 싶어서 그가 그만 써주기를 간절히 바란다. 셀프 가라오케 — 데이비드 실즈의 설명에 따르면 한 사람이 나이가 들면 새로운 자극을 받을 기회가 줄고 자기 활동에서 비생산적인 피드백 순환이 거듭된다는 사실을 지적하는 말이다. 그는 누구에게 영향을 받는가? 그 자신이다. 데이비드 실즈는 말한다. "그가 그의 주된 영향이다. 어떤 나이가 넘으면 우리는 자기 자신 위에서만 쌓게 된다. 나쁘든 좋든." 작가에게도 이런 일은 예외 없이 생기고 작가를 제외한 모두가 그의 작품에서 자기표절과 자기복제가 거듭되고 있다는 사실을 깨닫는다. 그러나, 그렇다해도 그만두지 않는 그를 비난할 수는 없는 일이다. 그에게 쓴다는 것은 살아가는 방식이니까. 만일 그가 글쓰기를 그만둔다면 탁월한 작품을 쓸 수 없어서가 아니라 글쓰기에 흥미를 잃었기 때문이다.

그렇지만 작가가 글쓰기에서 탁월성을 추구한다면 그가 결과의 탁월성에는 무심하고 과정의 탁월성만을 추구하는

17. 파리 리뷰, 앞의 책, 191쪽.

경우도 있을까? 또 좋은 결과를 추구하지 않는다면 과정의 숙련도란 도대체 무엇 때문에 필요한 것일까?

9. 작업 모델 바깥에 있는 장인들

아렌트가 언급하고 있는 제작이나 작업 관념은 그리스 장인들의 삶을 모델로 하고 있지만 그리스적 모델과 다른 모습의 장인들을 보여주는 책이 있다. 바로『장자』이다. 아렌트에게 작업은 머릿속의 관념적 모델에 따라 결과의 탁월성을 추구하는 인간 활동이다. 그런데『장자』에 등장하는 장인들은 오히려 탁월성의 관념에 대해 거리를 두는 태도를 보인다.「생에 통달하기達生」편에 나오는 우화에서 목공 경慶이 작업을 시작하면서 한다는 재계齋戒의 내용을 보면 이 점을 잘 알 수 있다.

목공 경이 나무를 깎아 종의 지지대를 만들었다. 종의 지지대가 완성되자 구경꾼들은 그 신들린 듯한 모습에 경탄해 마지않았다. 노나라의 제후가 참관하고는 그에게 물었다.
"그대는 어떤 비결로 이걸 만들었는가?"
"신은 일개 장인일 뿐인데, 무슨 비결이 있겠는지요? 하지만 한 가지 지침이 있기는 합니다. 신은 종의 지지대를 만들려고 할 때면, 기운을 낭비하지 않기 위해 조심하고, 마음을 고요하게 만들기 위해 반드시 재계를 합니다. 재계한 지 사흘이 지나면 축하의 말이나 상, 작위나 녹봉을 별로 마음에 담아 두지 않게 됩니다. 재계한 지 닷새가 지나면 비난이나 칭찬, 기량의 뛰어남이나 서투름도 별로 마음에 담아 두지 않게 됩니다. 재계한 지 이레가 지나면 너무 집중한 나머지 제게 몸뚱이와 사지가 있다는 것도 잊어버릴 정도가 됩니다.

그러는 사이 임금이 계신 조정은 제게는 없는 것과 마찬가지가 됩니다. 제 솜씨가 그 일에만 집중하고 밖으로 흐트러지는 마음이 서서히 사라지면, 그제야 저는 산림으로 들어가 하늘이 내려 준 나무의 본성을 관찰합니다. 신체의 능력이 절정에 달하면, 그제야 저는 종의 지지대의 완성된 모습을 떠올려보고, 그런 다음에야 나무에 손을 댑니다. 그렇지 않으면 다 관두지요. 그래서 저는 하늘의 것을 하늘에 결합시킵니다. 이것이 바로 이 기물이 신들린 듯이 보이는 이유가 아니겠는지요?[18]

— 「삶에 통달하기」, 『장자』

재계는 몸과 마음을 닦는 의례이다. 장인의 기예에 감탄하면

18. 앵거스 찰스 그레이엄, 『장자』, 김경희 옮김, 이학사, 2015, 358~359쪽.

서 사람들은 그 기예의 비결을 묻는다. 어떻게 하면 당신처럼 잘 만들 수 있는지 가르쳐주세요. 어떻게 하면 당신처럼 잘 쓸 수 있는지 가르쳐주세요. 이렇게 기술을 묻는 질문에 목공 경은 '몸과 마음을 비우라'고 답하는 것이다. 그가 말하는 몸과 마음의 비움은 "사람들을 주로 움직이게 하는 희망과 공포로부터 적절한 초연함을 획득하는 과정"이다.[19] 좋은 작품을 만들겠다는 희망과 실패할지도 모른다는 공포는 결과의 탁월성을 둘러싸고 장인에게 생겨나는 두 가지 상반된 정서이다. 『장자』의 장인들이 신들린 듯한 작품을 만들 수 있는 이유는 이 탁월성의 관념을 제거했다는 데 있다. 탁월성에 대한 욕구를 버리는 것이 신들린 작품을 만드는 데 필수 조건이 된다는 뜻이다. 그렇게 탁월한 작품을 만드는 비결이 어디에 있는지를 묻는 이들에게 그는 탁월성의 비결은 바로 탁월성으로부터의 초연함에 있다고 아이러니하게 답변한다.

그런데 우리가 이 우화를 이렇게 이해하는 것은 질문하는 이의 욕구를 통해 목공의 답변을 변형시키는 것일지도 모른다. 질문하는 이는 작품이 신들린 듯 보이는 비결에만 관심이

• •

19. Lee H. Yearley, "Zhuangzi Understanding of Skillfulness and the Ultimate Spiritual State", in Philip J. Ivanhoe, Paul Kjellberg eds., *Essays on Skepticism, Relativism, and Ethics in the Zhuangzi*, New York: SUNY Press, 1996, p. 141.

있다. 우리는 이 우화를 읽고서 이렇게 말할 것이다. '그래, 마음을 비우자. 탁월성의 욕망을 버려야 가장 탁월한 작품을 만들 수 있다!' 그러나 목공이 말하고자 하는 것은 그가 신들린 작품을 만들기 위해서 초연해졌다는 것이 아니다. 그는 칭찬이나 기량의 뛰어남, 고관대작의 세계와 자신의 몸조차 잊고서 나무와 만나는 일 자체에 대해서 충실히 설명하려고 한다. 사실 그가 세심하게 설명하는 것은 장인이 한 사물과 만나는 순간에 완벽한 집중이 어떤 방식으로 이루어지는가이다. 이런 방식으로『장자』는 아렌트가 작업이나 제작의 특징이라고 지적한 '결과에 대한 관심'이 부재하는 장인의 모습을 보여준다.『장자』의 장인들에게 중요한 것은 탁월성이 아니라 작업 과정에서의 완벽한 충실성이다. 우리가 앞서 말한 전통적 모델의 메티에르, 즉 매체를 잘 다루는 일과 관련해서 말한다면, 이것을 바로 과정의 탁월성이라고 부를 수 있을 것이다. 숙련도란 결과물의 수준과 관련해서가 아니라, 조강석 평론가가 주목했듯이 사물을 잘 다루는 과정에서 발생하는 기쁨의 정도를 표현하는 단어가 될 수 있다. 이런 충만한 기쁨의 체험에 대해서는 릴케 역시 어느 백작 부인에게 보내는 편지에서 언급한 적이 있다. "몇 주 전부터 두 번의 짧은 멈춤의 시간을 제외하고는 한마디 말도 하지 않았습니다. 나의 고독은 마침내 밀폐되고 나는 과일 속의 씨앗처럼 작업 속에 있습니다." 블랑쇼는 릴케의 이 구절을 인용하면서 "그가 말하는 고독은 본질적으로 고독이 아니다. 그것은 몰입이다."라고 말한다.[20] 예술적 몰입은 우리가 세계를 가장 깊게 체험하는 방식이다.

10. 삶의 바깥

예이츠의 시 「선택」은 작가 인터뷰에 종종 등장한다. 수전 손택과 대담을 진행한 에드워드 허시가 그녀에게 물었다.

> 허시: 예이츠는, 사람은 삶과 일 중 하나를 선택해야 한다는 유명한 말을 했죠. 그게 사실이라고 생각하세요?
> 손택: 아시겠지만 그가 실제로 한 말은 완벽한 삶과 완벽한 일 중 하나를 선택해야 한다는 거죠. 글쎄요, 글쓰기가 바로 삶인걸요. 무척 특별한 삶이죠. 물론 삶이라는 말이 다른 사람들과 함께하는 삶을 뜻한다면, 예이츠의 말은 사실이에요. 글쓰기는 지독한 고독이 필요해요. 제가 그 선택의 가혹함을 누그러뜨리기 위해 해온 행동은 늘 글만 쓰지 않는 거예요. 전 외출하기를 좋아해요. 여행도 자주 하죠. 말하기를 좋아하

20. 모리스 블랑쇼, 『문학의 공간』, 이달승 옮김, 그린비, 2010, 14쪽.

고, 듣기를 좋아하고, 구경하고 관찰하기를 좋아해요. 어쩌면
'주의력 과잉장애'가 있는지도 몰라요. 제게 세상에서 가장
쉬운 일은 집중하는 거랍니다.[21]

　손택의 말대로 글쓰기는 그 자체로 삶이다. 글을 쓰는 사람은
글을 쓰면서 가장 깊은 섬세함과 주의력으로 사물을 만난다.
글 쓰는 이가 견지하는 몰입의 태도는 그가 다른 사람과 사물들
을 만날 때도 유지되곤 한다. 예술가가 된다는 것은 삶을 가장
깊게 느끼며 사는 방식이 된다. 그러나 여기서 우리는 이토록
깊이를 지닌 삶이 넓이 역시 지닌 삶인지에 대해 질문해야
할지도 모른다. 몰입은 순간의 우물에 익사하는 것이다. 글을
쓰면서 우리는 나를 잊고 세계의 다른 사물들이 존재한다는
것도 잊고 시간의 흐름도 잊는다. 이 자기 상실과 세계 상실을
통해 우리는 가장 깊고 아름다운 예술적 체험을 한다. 화가들의
이야기는 이것이 의미하는 바를 더 분명하게 이해할 수 있도록
해준다. 파울 클레는 자기 자신을 물감통의 내용에 맞추라고
말했다. 화가는 "자기 자신을 물감에 맞춘다. 자아는 물감통과
그 통 속에 들어 있는 내용을 나르는 하인이다."[22] 목공이

　• •

　21.　파리 리뷰, 앞의 책, 316쪽.
　22.　애니 딜러드, 『작가살이』, 이미선 옮김, 공존, 2018, 113쪽에서 재인용.

자신과 세계를 잊고 나무만 보듯, 화가는 물감통과 그 안의 질료만 본다. 그래서 화가는 종종 세상이 물감통보다 크다는 것과 물감이 아닌 질료들의 흐름이 존재한다는 것도 잊는다.

화가가 재능을 낭비할까 두려워 그를 감금한 후원자가 있었다고 한다. 화가는 후원자의 감시를 피해 창문을 넘어 도망쳤다. 블랑쇼는 예술가들의 마음속에는 이런 후원자가 산다고 말한다.

> 예술가는 그가 머물고 싶지 않은 곳에 그를 감금하는 자신의 후원자를 그의 내면에 또한 지니고 있고, 그리고 출구도 없는 이곳에서 그 후원자는 그를 부양하기는커녕 그를 굶주리게 하고, 영예 없이 그를 예속하고, 까닭 없이 그를 상심하게 하며, 그를 이해할 수 없는 자신의 고통 이외에는 의지할 데가 없는, 허약하고 비참한 존재로 만든다. 그런데 왜? 위대한 작품을 위해서? 보잘것없는 작품을 위해서? 그 자신 아무것도 모르고, 그 누구도 그것을 알지 못한다.[23]

블랑쇼는 예술가가 자신을 하얀 종이나 물감통 속에 감금하면서 작품의 요구에 헌신한다는 위대한 사건을 고지하기 위해

----

23. 모리스 블랑쇼, 앞의 책, 65쪽.

이 구절을 썼다. 그러나 나는 문득 화가가 창문으로 도망쳤다는
사실에 안도감을 느낀다. 물감통과 종이의 삶 바깥에 존재하는
삶. 장인 모델은 세계의 깊이에 대해서는 이야기하지만 세계의
넓이에 대해서는 침묵하는 경향이 있다. 나는 글쓰기나 그리기
바깥의 삶에 관심이 있는 예술가들을 알고 있다. 물론 그들은
다시 돌아가리라는 것도 알고 있다. 눈 내린 평원처럼 세상의
끝으로 이어지는 종이들, 바이칼 호수처럼 푸른 거대한 물감통
을 들고서.

비인간, 또는 새로운 부족들의 공―동체 *
― 황정은 소설이 던진 물음들

최 진 석

1. 세계의 비참, "이것이 인간인가"

그날 이후, 모든 것이 변했다. 사라져버렸다. 우리는 아이들을 잃었고 공동체를 상실했으며 마음마저 놓아 버렸다. 어렴풋한 미래의 희망과 실존의 의지처, 함께할 연대의 끈이 소멸했다. 일상은 태연히 반복되지만, 삶은 이전과 이후로 무참히 갈라져 버렸다. 유예된 정의와 연기된 애도 속에 문득 드러난

* 이 글은 『문학동네』 2015년 가을호에 실린 동명의 평론을 수정·보완한 것이다.

것은 우리가 의미를 정박시킬 수 없는 시간, '이음매에서 어긋난' 시간을 살아간다는 사실이다. 거대한 사건이 일어났지만 그 의미가 불명不明에 빠진 시간, 그래서 메시아가 내리는 최후의 평결을 다시 기다려야 하는 '사이–시간'이 우리 시대의 근본 규정이다. 죽음도 삶도 아닌, 다만 무한한 기다림 속에 던져진 이 세계의 비참. 우리를 과연 인간이라 부를 수 있을까.

삶의 파탄, 인간의 소진 앞에 문학은 무엇을 하는가? 전망per-spective을 제시하는 게 문학의 소임이라 믿었던 시대가 있다. 미래를 현재의 가능성으로부터 형상화하는 문학이 그것이다. 하지만 '예외 상태'를 정상으로 삼아 연명하는 이 시대는 전망에 대한 믿음을 상실한 지 오래다. 오히려 실낱같은 희망으로 오도誤導할지 모르는 전망과 철저히 단절하는 것만이 문학에 남겨진 유일한 과제라 언명된 시대를 살아가는 듯하다. 섣부른 기대나 위로를 제공하지 않는 직면의 문학, 단호하다 못해 유쾌하기까지 한 재앙과 재난의 서사화 경향을 보라. 최근 몇 년간 한국문학은 전쟁과 테러, 집단 자살, 사회적 유랑과 전 지구적 차원의 궤멸에 관한 묘사들을 문학의 남겨진 가능성으로 제시해 왔다. 하지만 파국적 상상력의 이면으로 낯익은 휴머니티가 슬그머니 되돌아온다든가, 또는 절멸을 다만 유희로서 희구하는 사유의 성긴 태도 역시 감지되었던 것도 사실이다. 문학 속에 되풀이 선언되었던 파국들은 실상 이 시대가 그렇게나 회피하고자 했던 '오도된' 전망의 또 다른 판본이 아니었을까.

이러한 정황에서 황정은의 소설은 각별하다. 파국과 소진의 격동 속에 그녀는 자신의 눈길을 결코 인간에게서 떼어 놓지 않는 까닭이다. 하지만 그것은 인간에 대한 연민이나 혐오가 아니요, 한계상황에 내몰린 인간에 대한 호사가적 관찰도 아니다. 차라리 그녀의 글쓰기는 인간을 극한까지 질문하는 것, 무엇이 인간이고 무엇이 인간이 아닌지, 인간이란 어떤 조건에서 인간일 수 있고 또 아닌지를 사유하고 문자로 옮기려는 시도라 할 수 있다. 글쓰기의 비인간주의라 명명할 법한 그녀의 소설은 인간에 대한 일체의 감정적 동조를 내려놓은 채 인간과 비인간의 경계를 탐문한다. 그녀의 글쓰기는 인간의 시선을 떠나 사물의 응시에 가닿고, 역사와 사회의 타자로 옮겨 가는 것이다. 인간의 지평에서 시작하지만 인간 너머, 비인간의 차원에서 움직이는 글쓰기. 바로 이것이 황정은 소설의 불가해한 매혹이자 힘이다. 하지만 이는 그녀의 글이 인간과 비인간의 이분법 위에서가 아니라, 그 질문을 내밀하게 곱씹으며 삶의 여러 지층들을 부단히 횡단하는 가운데 쓰여지기 때문이다. 정녕 이를 인식하지 못한다면, 우리는 그녀에게서 환상과 현실이 어지럽게 교차하거나 폭력과 인간애가 기묘하게 섞여드는 장면들만을 보게 되리라.

왜 비인간이 문제일까? 관건은 비인간을 통해 묘사되는 삶의 '낯선' 양상들이다. 통념과는 '다른' 방식으로 현실을 구성하는 비인간의 욕망과 힘에 대한 기록으로서의 글쓰기. 온갖 인간적 가능성이 파국에 이르고 소진된 이 시대, 곧 사이—시간을 살아가는 방법을 황정은은 문학적으로 환유하려 한다. 그것은 판타지가 아니다. 단언컨대, 황정은 문학의 리얼리즘은 가시적 현실의 이면에 내재한 비가시적인 잠재성의 지대를 펼쳐 보이는 데 있다. 우리가 (근대적) 인간학을 넘어서 비인간과 조우하고, 그의 응시를 통해 만들어지는 새로운 삶의 편린들을 숙고해야 하는 이유가 여기에 있다. 아마도 이 경로만이 그녀의 글쓰기를 문학으로 남겨 두는 한편으로 문학의 '너머'까지도 바라볼 수 있게 해주는 축이 될 것이다. 일단 여기서 출발해 보자.[1]

° °
1. 인용의 출처는 다음과 같다. 「문」, 「일곱시 삼십이분 코끼리열차」, 「곡도와 살고 있다」, 「오뚝이와 지빠귀」, 『일곱시 삼십이분 코끼리열차』(문학동네, 2008); 『백의 그림자』(민음사, 2010); 「대니 드비토」, 「낙하하다」, 「묘씨생」, 「뼈 도둑」, 「파씨의 입문」, 『파씨의 입문』(창비, 2012); 『야만적인 앨리스씨』(문학동네, 2013); 『계속해보겠습니다』(창비, 2014); 「가까스로, 인간」(『문학동네』 2014, 가을호).

2. 비인간, 완파되는 언어와 사물의 세계

많은 평론가들이 황정은의 글쓰기에 나타난 언어의 (불)가능성에 주목한 바 있다. 기호와 지시대상 사이의 정연한 체계가 유실되고, 커뮤니케이션이 오작동을 일으키며 망가진 세계. 오직 언어에 기대어 간신히 지탱되나, 역으로 언어로 인해 존재의 실상實相이 가려진 세계. 여기에 이 세계 '너머'가 불현듯 틈입해 들어온다. 가령 「문」에서 우리는 이 세계와는 다른 차원에서 튀어나온 알 수 없는 존재를 만난다. 그것은 이름을 갖지 않기에 명명할 수 없고, 따라서 "사과"일 수 있지만 또한 "두리안"일 수 있으며 또는 어느 쪽이든 "상관없을" 수도 있다. "결정적이지 않은 상태"에 있다는 것. 이를 소유할 수 있는 인식의 기호는 존재하지 않는다. '불가능한 언어'라는 익숙한 표제 앞에 멈추지 말자. 결정 불가능한 이유는 그것이 끊임없는 운동, 이행의 와중에 있기 때문이다.

마지막 남은 부분이 아지랑이처럼 흔들리며 풀어졌을 때였다. 두리안의 정수리가 있던 부근에서 무언가 데굴데굴 굴러서 의자 위로 툭 떨어졌다. m은 그것을 집어들었다. 손바닥에 올려놓고 보니 ㄱ자로 구부러진 작은 조각이었다. 아무것도 씌어 있지 않은, 엔터 모양의 조각.

— 「문」(34)

이 무명無名의 작은 조각은, 한 문장을 이어 다음 문장으로 넘기기 위한 표지, 연속적인 이행의 한 마디를 지시하기 위해 사용되는 보이지 않는 빈자리("엔터")다. 여백 없는 글쓰기가 애초에 가능하지 않듯, 비가시적이고 분별 불가능한 실재가 있다. 언어 너머, 인간 너머의 자리가.

낯선 사물의 자리, 그것은 외계로부터 침범한 초월적 실체가 아니다. 언제나 내재하고 있던 잉여이자 잔여로서 라캉의 대상 a처럼 그것은 돌연 존재감을 드러내고 익숙한 현실에 이물감을 도입한다. "사람은 아니고, 딱 알겠더라고, 이건 그거다, 라고. [⋯] 그야 밤중에 내 얼굴 근처에서 '마요네즈마요네즈마요'라 거나 '서쪽에 다섯 개가 있어'라는 둥, 중얼거릴 때는 좀 오싹하기도 했지만 말이야."(「곡도와 살고 있다」, 170) '너머'의 존재들은 일상의 언어가 얼마나 편향적인지, 그리하여 인간이라는 주체를 중심으로 시점화되었는지를 역설적으로 증언한다.

동물원은 가장 인간적인 영역이잖아. [⋯] 압도적인 인간의 영역, 그게 동물원이야. 동물원의 동물들이 어딘지 사람의 얼굴을 하고 있는 것은 그 때문이야.

— 「일곱시 삼십이분 코끼리열차」(85)

우리가 보지 못하는 것은 인간적 "희로애락이 희박"한 세계 (「문」), 흡사 "모자의 언어"라는 식으로 그것 자체의 언어가 실존하는 차원(「모자」), 혹은 "나무늘보나 달팽이"처럼 인간과는 다른 속도와 리듬을 갖고 존속하는 "걔내들의 입장"일지도 모른다(「오뚝이와 지빠귀」). 하지만 저편에 무언가 있다고 형용함으로써 금세 너머의 진실을 알았다는 식으로 자만하지 말자. 그 또한 언어의 환상이며, 지극히 인간적인 의식의 허영에 지나지 않는다.

니체에 따르면 주체란 주어subject의 습관에서 배어 나온 환영이다. 벼락이 친다고 말할 때 실제로 벼락이 주체가 되어 무엇인가를 타격하는 게 아니라 벼락 자체가 그 현상의 전부다. 비인간의 차원, 인간 너머의 무엇을 말할 때도 비슷한 주의가 필요하다. 만일 거기서 무언가 다른 실체(주체)를 궁구한다면 그역시 인간적 견지에서 파생된 언어의 효과일 따름이다. 그러므로 비인간이란 모종의 실체가 아니라 인간의 지식과 이성, 언어가 포착해 내지 못하는 운동을 가리키는 이름일 뿐이다. 명사가 아닌 동사, 명명하기라는 행위를 통해 간신히 그 흔적을 드러내는 힘의 유동. 따라서 너머의 존재는 나—주체의 언어적 대상으로 재현되지 않고, 운동으로 스스로를 표현한다. 그것은 인간적 주체의 정념들을 실어 나르는 듯 보이지만 실상 있는 것은 주체나 정념이 아니라 그것들의 운동, 즉 발화다.

　　왠지 나는 지금 이렇고 저런 기억과 감정들의 덩어리라는
느낌이 들어. 그리고 말들과 말들과 말들과; 말들. 나는 지금
꽤 많은 말을 하고 있는데, 이것은 아주 오랜만의 일이야.
[…] 그냥 타고 싶었어. […] 두 번째 든 생각은 말을 하고
싶다는 것이었어.

　　　　　　　　　　　　　　　　　　　　— 「문」(20, 24~25)

　　이러한 말하기는 대상 없는 행위이자 충동에 따르는 활동이
다. 합리적 커뮤니케이션을 넘어서 발화 자체만을 목적으로
삼는 운동인 것이다.[2] 니체의 조언을 되새긴다면 발화의 주체
는 없다. '말하다'의 동사로서만, 운동 자체로서만 그것은 '있
다'. 인간의 시선을 벗어난 이탈과 탈구의 움직임으로서의
말. 주체도 목적도 없이, 그것은 다만 말하기의 형식 속에서
수행될 따름이다. 비인칭적 운동으로서 거기에 문법과 인지가
작동할 리 없다. 통상의 관점에서 볼 때 '죽은dead'과 '죽지
않은not dead' 사이에 기묘하게 성립하는, '안 죽은undead'이라

<hr />

2. 이 점에서 황정은 서사의 특징은 "이야기하기의 충동 혹은 미메시스적
　충동 자체를 드러내는 앎"에 있다. 서영채, 「명랑한 환상의 비애」, 『일곱시
　삼십이분 코끼리열차』, 290쪽.

묘사할 수밖에 없는 이행의 상태, 즉 비인칭의 중얼거림만이 있다.[3]

나는 이것을 본다, 보다니, 하지만, 무엇으로, 무엇을, 어디에서, 언제까지, 보는 나는 무엇이고, 앞으로, 앞이 있다면 말이지만, 무엇으로, 될까, 어디에서, 언제까지, 무엇을, 무엇으로, 본다, 그런데, 누가, 누군가, 무엇으로, 무엇을, 그러나, 어디에서, 언제까지, 하고 반복해서 생각하다가, 전혀 확고하지 않은 상태로, 퍼졌다. 냉장고 곁에서.

— 「대니 드비토」(49)

인간 곁에서 "묽고 무심한 상태"로 흘러 다니다가 "부스러기"처럼 "말끔히 사라질" 존재. 인간의 관점에서 이러한 운명은 필연코 "가혹"하고 "쓸쓸"하며 "덧없"다. 이러한 서술에 짙게 배인 인간적 페이소스를 무시하고 싶지는 않다. 다만 그 너머에 엄존하는, 말하기–운동하기로서의 비인간적 유동에 유의하고자 한다. 그것은 상승인지 하락인지 모를, 결정 불가능한

3. "그러므로 우선적으로 존재하는 것은 '말한다(ON PARLE)'는 것이고 익명적 중얼거림이며, 가능한 주체들은 거기에 배치된다. '담론의 무질서하면서 지속적인 거대한 웅성거림.' […] '나는 말한다'에 대한 비인칭으로서의 삼인칭의 선행성." Gilles Deleuze, Foucault, Éditions de Minuit, 1986, p. 62.

역설을 통해서만 겨우 표명되는 어떤 움직임이다. "저는 깊이, 깊이, 상승하고 있습니다."(「대니 드비토」, 53)

황정은 글쓰기의 기본 정조로 지목되는 「낙하하다」를 살펴보자. 존재하는 모든 것은, 나는 나로서 너는 너로서 항상–이미 낙하하고 있다. "고독"은 원자적 직하 운동에서 기인한 단독자의 정념이다. "떨어지고 있다"로 반복되는 진술은 "공허한 마찰"을 되풀이할 뿐 진정 유의미한 관계가 부재함을 보여준다. "외로움"과 "두려움", "개인적으로는 이미 지옥"이라는 정서는 인간적으로는 이해할 만하지만, 비인간의 측면에서는 그저 물리적 우주의 진공을 지시할 따름이다. 결여된 것은 사건이다. 낙하 자체가 아니라 충돌 없는 하강, 반향 없이 흩어지는 목소리의 단독성이 두려움과 외로움을 빚어낸다. 전철의 출구 방향을 묻는 사소한 사건이 작지만 낙하의 방향을 바꿔 놓는 충돌로 비화하는 것도 그래서이다. 그로 인해 서로 무관심하게 낙하하던 존재자들이 일순 마주치고 불꽃을 일으키며 격발된다. 그리하여, 견고했던 '나'와 '너'의 경계가 혼동되고 뒤섞이기 시작한다. "다름 아니라 나였을지도 모르겠다. 나는 아주머니였을지도 모르겠다."(75) 나와 너 사이에서 사건적 관계를 유발하는 제3항, 이는 인간적인 것들 사이에 틈입한 비인칭적 사태, 곧 충돌이라는 운동이다. 이 시점에서 황정은의 소설들에 빈번히 되돌아오는 사건의 공리를 잘 기억해 두자.

"세 개의 점이 하나의 직선 위에 있지 않고 면을 이루는 평면은 하나 존재하고 유일하다."(65) 이 알 듯 말 듯한 신비스러운 공리는 무한히 낙하하던 존재자들을 사건적 관계로 끌어당기는 욕망의 주문을 불러낸다. "누가 누가 누가 없어요 나와 나와 나와 충돌해줘."(78) 이 주문이 현실을 변형하는 힘으로 어떻게 작동하는지 예의주시하도록 하자.

비인간의 시점이 극명하게 드러난 텍스트는 「묘씨생」일 것이다. "다섯 번 죽고 다섯 번 살아"난 고양이의 발화로 기술된 이 소설은 그저 우화일 수도, "의미 없는 이야기"일 수도 있다. 요점은 그가 인간의 이름들로 채워진 이 세계의 "완파"를 기다린다는 것. 인간의 시점은 넘어섰으되 아직 종언은 도래하지 않은 시간, 역사와 역사 이후의 사이-시간에 벌어지는 서사가 이 작품의 내용이다.[4] 물론 그것은 파국의 전조들이다. 때로는 인간과 어울리며 때로는 인간에게 쫓기며 생을 영위하는 고양이는 이름을 갖지 않는다. 그에게 주어진 유일한 인간적

· ·

4. Giorgio Agamben, *The Time that Remains*, Stanford University Press, 2005, pp. 69~72. 궁극적 파국/구원인 파루시아(parousia)는 '이미'와 '아직' 사이에서 결정 불가능하게 지연된 시간, 즉 심판은 이미 내려져 있지만 아직 그 끝에 도달하지 않았기에 유예되어 있는 시간을 말한다. 파국은 매 순간 되풀이되지만 종결되지 않는 것이다. 그 때문에 인간은 산 것도 죽은 것도 아닌 상태로('안 죽은') 이를 무한히 견뎌야 한다. 그것은 '기다림'의 시간이자 역설적인 '불사'의 시간이고, 모든 기존의 관계들이 해체되어 재구성을 기약하는 '무의미'의 시간이기도 하다.

이름은 "몸"이며, 순전한 고깃덩이로서 목숨을 반복하고 있다. 그런데 몸의 시야에 들어온 인간의 삶이란 것도 신통치 않다. 곡씨 노인은 다른 인간들로부터 "자신들과는 종이 다른 생물을 보는 듯"한 취급을 받고, "인간아"라는 폭언을 들으며 비참하게 살아간다. 실로 "보잘것없는 인생"이며, "이 몸과 같은 묘씨 생보다도 못한 일생으로서의 인생"이 아닐 수 없다.

그저 사람의 삶이란 허무하고 구차하다는 말일까? 하지만 이 작품은 원한 감정에 그득한 동물의 서사도 아니요, 인생의 부박함을 사설하는 기담도 아니다. 차라리 이는 인간적 가능성의 "완파"에 대한 물음으로 읽어야 한다. 우리는 개체로서의 죽음을 계통으로서의 삶으로 슬쩍 바꿔치고 생명의 영원성을 획득한 것처럼 연기하는 데 익숙하다. 그것이 근대의 인간학, 즉 휴머니즘이다. 여기에 "완파", 곧 궁극적인 파국의 자리는 없다. 끝없는 생의 반복 가운데 인간은 짐짓 진보와 영생을 사는 듯, 단독자로서의 삶을 괄호 치고 가족과 사회, 국가와 인류의 이름으로 생의 유한성을 탈각한 듯 시늉한다. 그러나 묘씨는 묻는다. "일생을 마친 뒤에도 일생이란 가능성이 남으니 좋을까."(125) 버려진 음식을 주워 먹으며 동류의 동정조차 얻지 못한 채 무감각하게 살아가는 곡씨 노인의 삶이나 강제로 배를 절개 당해 썩어가는 살을 견디며 서서히 '죽어가고 살아가는('안 죽은')' 고양이나 무엇이 다른가. 이를 "다섯 번 죽고 다섯 번 살아나는" 식의 환상 속에서 반복하는 것이 과연 "좋을까." 그것은 차라리 죽을 수 없는 운명에 대한 "원한"으로 서의 연명이 아닐까. 그러므로 "완파"란 이러한 생의 가능성을, 인간학적 환상의 말소에 대한 갈망이라 새겨도 틀리지 않으리라.

3. 살해당한 아이들, 인간의 비윤리와 소진된 인간

"그대는 어디까지 왔나." 이 도저하고 외설적인 질문을 되풀이해서 던지는 『야만적인 앨리스씨』는 뒤집어진 교양소설이다. 교양Bildung이란 파편화된 근대사회를 살아가기 위해 필요한 개인의 재능과 사회적 능력, 인간적 관계의 축적을 가리킨다. 근대국가에서 시민적 삶의 체득 과정과 이를 반영하는 상징적 형식이 교양소설인 것이다. 그것은 자연적 자아가 사회적 일원으로 성장해 가는 여정으로서 누적적이며 가산적인 행로다. 하지만 계몽의 변증법과 겹쳐지는 교양의 도정은, 아도르노와 호르크하이머가 지적하듯 맹목과 폭력의 습득 과정이기도 하다. 생존의 요구에 맞춰 인간은 자신과 타자를 불구로 만들며 유보 없는 전진을 강제당한다. 인지 너머의 것, 언어와 논리를 벗어나는 일체는 비존재로 선고되어 말살될 운명이다. 아이러니하게도 인간의 가능성을 만개하도록 축복된 계몽과 교양은 자기파괴와 괴물성의 미래로 되갚아진다. "그대는 어디까지 왔나." 이것은 인간의 "완파"까지 얼마만큼의 가능성이 남았는지 추궁하는 비인간으로부터의 물음이라 할 수 있다.

원초적 시공간으로서 고모리는 원초적 신화를 보유한다. 오래전 굶주리던 주민들이 아기 셋을 나눠 먹고 묻은 뒤 "무덤에 관해서는 영문을 모르는 것으로 해두었다. 비참한 뼈들을 숨긴 봉분은 그대로 방치되어 있다가 잡초들 틈으로 사라졌다."(9) 원한 서린 아이의 뼈를 찾으러 앨리시어는 길을 떠나지만 곧 모래 무덤 아래로 떨어져 허우적대다 탈진한다. 낙하의 악몽, 이것이 소설 전체의 반복을 이루는 골자다. 이는 또한 앨리시어의, 그의 아버지의, 그의 어머니의, 어머니의 어머니가 겪는 "반복되는 꿈"일 터인데, 이유 없는 되풀이만이 꿈꾸기의 목적이란 점에서 소설 전체는 죽음의 반복강박에 사로잡혀 있다. 이름 없이 개장에 갇혀 짖는 법도 모르다가 "여름이나 늦가을에 정성껏 불에 구워"져 뼈와 가죽만 남긴 채 버려지는 개들, 그것이 앨리시어를 비롯한 아이들의 공통된 운명이다. 학대당하고 살해당할 그들의 삶은 개인에게나 가족·사회에서나 아무런 증산 없이 절멸을 향해 떠밀리고 있다. 이런 의미에서 앨리시어 전傳은 성장 없는 쇠락이자 무한한 감산 과정인 반反교양의 무대화인 셈이다.

신약을 패러디하듯 "씨발년"은 "포스트 씨발년"을 낳고 앨리시어는 "씨발년으로 이 거리에 서"게 된다(159). 수태와 자애의 상징인 모성은 여기서 악의 진원처럼 묘사되고, 따라서 벗어날 수 없는 나락의 굴레를 형성한다. 평론가들이 숱하게 인용하며 분석한 어머니의 "씨발됨"은 그래서 시간이 지날수록 강화되는 비가역적 악순환의 핵이다. 그것이 파멸적인 이유는 어느 누구도 이 연쇄 고리에서 빠져나갈 수 없는 탓이다. 하지만 가해와 피해의 물고 물림에 대해, 그래서 있을 수 있는 무죄의 항변에 대해 앨리시어는 냉연히 침을 뱉는다. "웃기시네. 그렇게 말하고 싶은 앨리시어는 꺼져라."(41) 모두가 모두에게 늑대가 되는 세상Homo homini lupus에서 책임은 명확히 분배되지 않는다. 폭력으로 자신을 무장하여 또 다른 "씨발년"이 되려는 앨리시어의 선택은 그래서 충분히 '인간적'이기까지 하다. 폭력에 맞서는 동시에 폭력의 분신이 되는 것. 폭력의 순환에 뛰어들어 기꺼이 그 한 고리가 되는 것.

> 앨리시어에게 그녀는 사람이 아니다. 사람 아닌 어떤 것, 말하자면 씨발. [⋯] 그녀에게 앨리시어는 사람이 아니다. 사람 아닌 어떤 것, 말하자면 씨발.
>
> —『야만적인 앨리스씨』(125)

서로가 서로에게 비인간이 되는 것일까? 그렇지 않다. 인간으로 살아남기 위해 강요된 "씨발됨"이야말로 '인간적인, 너무나 인간적인' 선택이니까. 앨리시어는 이 반복강박에 완전히 몸을 내맡긴다. 그리하여 여장한 채 거리에 나서는 앨리시어는 이미 "오래전 그의 어머니와 닮았다."(159) 폭력의 원환은 이렇게 완결된다. 개수구멍 없는 개수대처럼(「뼈 도둑」), "씨발됨" 이외엔 벗어날 길 없는 세계. "그건 지옥일지도 모르겠다."(「낙하하다」, 69) 비참한가? 그렇다. "만사의 근원은 가족"이며 "서로의 상처를 이해하"라는 상담사의 말처럼 우리가 여전히 인간적인 세계를 기대하고 있다면.

개인과 가족, 사회를 관통하는 폭력의 연쇄는 '인간의 비윤리'라 불러 마땅하지만, 또한 불가피한 자연사적 과정처럼 보인다. 무한한 낙하에 이유가 없고 도덕을 말할 수 없듯, 폭력의 목적은 폭력 자체이자 그것의 순환인 까닭이다. 여기서 인간이 동물("개")이 되는 것은 비하가 아니라 생의 본원적 진실이다. "씨발됨"은 자연의 본래면목으로 드러나며, 파국은 자연사적 사실로서 죽음충동Todestrieb으로 표제화될 법하다. 프로이트에 따르면, 이 충동은 모든 살아 있는 것을 비생명의 원점으로 되돌리는 강력한 추력이며, 가학과 피학의 형태로 끊임없이 변전하여 귀환한다. 앨리시어의 "야만"이란 그런 자연사적 맹목으로의 회귀이지만, 동시에 본래적인 인간사적 과정이기도 하다. 이것이 앨리시어가 폭력으로부터 벗어날 수 없는 이유다. 안[內]에서도 바깥[外]에서도, 거듭 귀환하는[再, 州] 폭력의 무구성無垢性이란 그런 게 아닐까. 아이 셋을 잡아먹은 원초적 신화의 잔혹을 깨뜨리지 못한 채, 동생의 죽음으로 원점에 되돌려진 이야기는 먹히지 않은 아이를 찾으라는, 또는 아이가 먹히지 않도록 지키라는 노신魯迅의 절규처럼 들린다. 하지만 폭력에 맞서는 폭력이란 점에서 그러한 투쟁은 지극히 인간적이다. 결국 그 종점은 "앨리시어의 실패와 패배의 기록"일 수밖에 없다(161).

이 소설에서 우리가 목도하는 것은 파국의 또 다른 판본이다. 그러나 거기엔 종말을 향해 경쾌하게 질주하는 주체의 쾌락이 제거되어 있다. 비인간의 응시로부터 각인된 인간과 사회, 역사의 절멸은 자연사적 무관심으로 채워져 있기에 인간적 정념은 자리를 찾지 못한다. 폭력의 맹목적 굴레에 자신을 봉인한 앨리시어는 "씨발년으로 이 거리에 서"서 그의 운명을 반복할 것이다. 어디까지? "바닥에 닿"을 때까지(131). 삼 년 넘게 지속되는, 또는 영원한 낙하 운동이 갑자기 끝날 수 있을까. "바닥"이란 물리적 실체기보다 사건의 제3항인 운동, 낙하의 방향을 돌리는 클리나멘이 아닐까. 바닥(파국) 이후에도 낙하는 계속되리라. 하지만 다른 방향으로, 충돌과 변형을 동반하며. 앨리시어는 말한다. "그래야 다른 데 가지."(131)

전환에 유의하자. 만일 "다른 데"를 향할 수 있다면, 지금 여기의 폭력과 맹목은 진정한 끝이 아닐 수 있다. 종국적 파국은 아직 오지 않았고, 어쩌면 영원히 오지 않을 수도 있다. 그렇다면, 우리는 파국과 파국을 잇는 사이-시간에, 죽음과 죽음을 잇는, 사건과 사건을 잇는 영원한 변전의 (무)시간적 지속 사이에 유예되어 있는 게 아닐까. 파국이란, 죽음이란 원점회귀의 절멸이 아니라 오히려 지속적인 생성을 끌어들이는 단락 short-cuit이라 불러도 좋으리라. 정신분석의 통상적 해석에 반기를 든 들뢰즈는 죽음충동을 차이 없는 반복을 중단시키고 차이로서의 반복을 일으키는 비인칭적 생성으로 보았다(『차이와 반복』). 부정을 넘어서는 긍정, 그것은 부정의 논리적 역전이 아니라 부정성을 끝까지 밀고 나갈 때 비로소 드러나는 역설의 차원이다. 폭력적 생의 원환을 절단하는 힘은, 그 운동을 멈추는 게 아니라 다른 방향으로 돌릴 때, 그것을 계속해 나갈 때 실현된다. 보라, 굴속에 떨어진 앨리시어는 클리나멘, 곧 사건적 편위偏位를 기다리고 있지 않은가. 파국 너머의 또 다른 시간의 차원을, 그것의 도래를. "뭐냐면 … 뭔가 다른 일이 벌어지기를. 밤과 낮이 뒤집어지기를."(130)

유예의 시간은 진공으로 남아 있지 않다. 그 사이-시간 동안 수많은 앨리시어가 폭력의 저주를 몸에 새기고 동생은 입이 막힌 채 살해당할 것이다. 폭력은 한편으로 자연사적

순환이지만 동시에 인간사적이고 사회사적 과정이다.[5] 이것을
중절시키는 유일한 방법은, 역설적이게도 행위하지 않는 것이
아니라 무위無爲를 행하는 데 있다. '죽은'과 '죽지 않은' 사이의
'안 죽은'을 살아가는 것, 바꿔 말해 비인간의 자리에 서는
것. 온갖 인간적 가능성을 끝까지 소진시키는 일이 그것이다.
언어도 인식도 합리도 인간적인 모든 것을 탈각시키는 것.
'인간'이라는 주인 기표를 둘러싼 신학과 형이상학, 법과 제도,
연민과 원한의 정념을 소진시키는 것. 이는 애도되지 않는
무한한 멜랑콜리의 반복이며, 애도로 봉합될 수 없기에 매번
다르게 되돌아와 인간—주체의 가능성을 남김없이 소거해 버리
는 운동이다. 휴식을 통해 보충되는 피로가 아니라 더 일어설
수 없을 만큼 탈진해버려 진정한 침묵('안 죽은')에 이르는
죽음충동.[6] 비인간의 자리가 여기서 드러나며, 비로소 '또 다른'
존재 상태로 이행할 수 있는 잠재성이 가동되기 시작한다.
하지만 서서히. "내일은 어제와 같지만 어제와는 다를 것이다.
세계의 귀퉁이가 약간 뒤집혔고 점차로 더 뒤집힐 것이
다."(149) 소설 저편에서 들려오는 비인간의 목소리가 다시
묻는다. "이것을 기록할 단 한 사람인 그대, 그대는 어디까지

• •

5. Theodor Adorno, "Die Idee der Naturgeschichte," *Philosophische Frühschrif-
   ten(GS1)*, Suhrkamp, 1997, pp. 354~356.
6. 질 들뢰즈, 『소진된 인간』, 이정하 옮김, 문학과지성사, 2013, 33쪽.

왔나."(162)

4. 살아남은 아이들, 비인간의 윤리와 공–동체

『계속해보겠습니다』는, 들뢰즈식으로 말한다면 소진된 인간이 잠재성의 '애벌레–주체'로 어떻게 이행하는지를 보여주는 실험의 기록이다. 분위기는『앨리스』와 사뭇 다르지만 근본 정조에 있어 유사한 상황이 여기서도 반복된다.

우선 파탄된 정신의 소유자인 어머니 애자를 살펴보자. 그녀는 소진되었다. 남편 금주가 죽은 뒤로 그녀는 과거의 기억에 완전히 삼켜져 버렸고 자식마저 돌볼 수 없는 처지에서 요양원에 들어간다. 회복할 수 없는 피로가 그녀를 에워싸고, "인생의 본질"은 "허망"이란 결론이 내려진다. "그런 것이 인간의 삶이므로 무엇에도 애쓸 필요가 없단다."(12) 애자는 신체도 정신도 극단까지 파산했을지 모른다. 그러나 그녀에게 "세계란 원한으로 가득하며 그런 세계에 사는 일이란 고통스"럽다는 정념이 남아 있는 한 그녀는 완전히 소진된 게 아니다. "아무래도 좋을 일과 아무래도 좋을 것으로 가득"한 세계는 여전한 가능성을 간직하고 있기에 그녀는 임신한 나나에게 질투와 분노, 의혹의 감정마저 투사하고 있다. "왜 너희는 행복하니, 왜 너희만 행복해지려고 하니."(137) 그녀는 여전히 인간으로 남아 있는 것이다.

소라와 나나는 실상 한 쌍의 공동체다. 그녀들은 앨리시어와 그의 동생처럼 대칭적 상사성의 관계로 묶여 있다. 앨리시어의 동생이 살아남았다면 그 역시 형처럼 폭력에 감염되어 생의 맹목을 반복해야 했을 텐데, 나나도 소라처럼 "나는 어디까지나 소라. 소라로 일생을 끝낼 작정이다. 멸종이야'라고 결심했을 개연성이 높다(45). 이러한 자기 절멸의 의지는 "포스트 씨발년"을 승계하지 않기 위한 소진의 첫걸음이지만, 또한 충돌 없는 낙하의 연장이 되기 십상이다. 사건을 낳지 못하는 탓이다. 나나의 임신을 혐오하는 한편으로 애자가 되기를 거절하는 소라는 인간의 존엄(가능성)을 지키지만, 비인간의 자리로 선뜻 나아가지 못한다. 오히려 추락하는 단독자("부족")로서 그녀는 애자를 은밀히 반복할 위험에 처해 있다. "세계엔 이런 일뿐, 하고 순식간에 애자의 말에 휩쓸렸다. 아무래도 좋을 일과 아무래도 좋을 것. 이런 일뿐인 세계에서 살아가려면 애초부터 세계엔 그런 것뿐이라고 여기는 것이 좋다."(60)

나나의 이름은 반복으로 구성된다. "앞으로도 뒤로도 아름답다는 뜻입니다."(86) 그러나 이 반복은 회귀가 아니라 증식과 산포를 통해 차이로서의 반복을 일으킨다. "쓸쓸하고 불안할수록 나나가 늘어서 나나나나."(88) 각자의 서사에서 제목인

"계속해보겠습니다"를 반복하는 이 역시 나나다. 통상적 해석과 달리 임신 자체는 중요하지 않다. 그것은 지극히 '인간적'인 사건이고, 이는 모세의 가족들이 나나에게 보인 기대와 관심으로도 충분히 입증된다. 차라리 우리는 나나의 비인간—되기에 주목해야 한다. 그녀는 애자의 심적 파산이 인간적 가능성에 머물렀기 때문임을 직감하여 그녀와 같은 운명을 거절하지 않는가. "애자와 같은 형태의 전심전력, 그것을 나나는 경계하고 있습니다."(104)

그렇다고 나나는 소라처럼 자신의 한계에 갇힌 채 "종말"을 맞으려 들진 않는다. "언제까지나 이대로, 라고 생각하는 마음과 부숴버리자, 그만 깨버리자고 생각하는 마음과 그 밖의 마음이 뒤섞여" 갈등하는 풍경 속에 나나가 있다(120). 그녀의 임신은 차이 없는 반복인 삶으로부터 벗어나려는 최초의 사건이며, 회심은 아마 "충돌"의 예감에서 비롯되었을지 모른다. 과연 그녀는 사슴의 뿔에 "푸욱, 하고 찔리"는 꿈을 꾸거나, 소라의 태몽을 통해 "단풍꿈"(변화 가능성)을 꾸고 있지 않은가. 아기를 가져 "신체에서 모체로의 전환"이라는 몸의 변형(이행)을 경험하는 것 또한 그녀가 유일하다. 임신을 두려워하지만 "무섭더라도 감당하겠다고 마음먹었어"라며(122), 자연적 생의 반복으로부터 사건적 관계로 나아가려 한다. 요점은 임신이라는 '사실'이 아니라 '사건', 타자와 마주치고 파열하여 그 결과를 자기 몸에 각인하려는 욕망에 있다. 자기보존의 본능으로부터 소진의 충동으로의 이행. 이 변화는 모세와의 결혼, 곧 가족적 관계를 거부하는 데서 더욱 명확해진다. "평범한 사람들, 평범한 집안"이지만 "무섭고 섬뜩한" 모세의 가족은 "낯선", "이웃에 사는 잘 모르는 사람들"의 반복이다(『앨리스』, 119). 인간의 윤리, 그 맹목에 종속된 삶을 사는 사람들. 결혼하지 않고 가족 없이 아이를 낳는 게 얼마나 큰 "사회적 대미지"인지, 나나가 얼마나 "이기적"으로 결정하는지 반문하는 모세의 모습은 그들이 인간에 고착되어 있으며, 따라서 낙하의 악무한과 폭력의 순환에 그대로 사로잡혀 있음을 반증한다. '인간적인, 너무나 인간적인' 동일자들의 공동체共同體가 그 이름일 터.

하나의 직선 위에 있지 않은 세 개의 점이 만드는 평면, 그것은 사건의 장이다. 나기는 소라와 나나의 두 점과 일직선에 놓이지 않은, 우연히 개입한 제3의 점이 아닐까. 도무지 이문利文이 남지 않는 데도 "삶"이라는 역설적 이름의 가게를 운영하는 나기. 이성애의 '정상성'을 벗어난 그의 정념은 어디를 향하는가. 그는 모세가 염려하는 "사회적 대미지"에 아랑곳하지 않고 자신을 미워하는 "너"를 사랑한다. 그를 '동성애'라는 편견 가득한 용어로 간단히 정리하지 말자. 나기의 정념은 "너"를 소유하는 게 아니라 "충돌"하는 데 있기 때문이다. 육감으로

부딪히고 "물질적으로 당도할 수 있는 번지수"로서의 "너"에 대한 열정은 "감촉에 관한 기억이고 열망이므로 영영 사라지지 않을" 사건의 단단한 실재성을 함축한다(208). 사건은 치명적이다. 주변으로부터의 따돌림과 폭행, 심지어 사랑하는 "너"로부터의 멸시까지도 감수해야 한다. 그러나 사건이란, 단독자 사이의 거리를 돌파해 한순간에 부딪히고 멀어짐으로써, 그렇게 온갖 인간적인 가능성이 소진됨으로써 피어나는 또 다른 삶이 아닐 수 없다.

소진된 인간은 그 사이—시간을 살아간다. 이 순간은 언제나 최후로부터 n—1의 시간, 진정한 최후, 파국의 바로 '곁에' 있다. "너"의 죽음을 직감하지만 그 소식을 받기까지 사이—시간을 살아가는 나기의 시간이 그것이다. 이는 완전한 종말 직전의 무한히 연기된 시간이지만 이미 파국을 살아가는 시간이며, 동시에 파국 너머를 준비하는 구원의 시간이 된다. 하지만 또한 그것은 무한한 기다림 속에 방치되어 의미가 불명不明에 빠진 시간, 최후의 평결을 무작정 기다려야 할 시간이기에 어떠한 인간적 전망으로부터도 분리되어 있다. 선과 악, 유용함과 무용함의 인간적 기대와 희망은 버려져야 한다. 응답 없는, 순수한 물음의 시간.

어쨌거나 네가 살아 있다는 소식, 네가 이미 죽었다는 소식.

세계의 끝, 같은 것. 너를 기다리는지 너의 죽음을 기다리는지 알 수 없는 상태가 되어버려서, 너의 죽음을 생각할 때 나는 나의 죽음을, 예컨대 세계의 끝이라는 것을 생각하고는 하는데 세계가 괜찮은 것이냐는 질문에 어떻게 대답을 할까.

—『계속해보겠습니다』(184)

사이—시간의 존재에게 세계는 손쉬운 절멸의 대상이 되지 않는다. 그것은 감내하고 견디며 받아들여야 하는 시간이다. 구원은 지금 이 시간이 다하면 저절로 찾아올 그 무엇이 아니다. 오히려 구원은 나와 연루된 지금 여기에서 구성되어야 할, 도래하게 될 시간의 이름이다.

이로부터 공동체에 대한 물음이 불거져 나온다. 파국에 도달한, 소진된 인간은 무엇을 할 수 있는가? 사회도 국가도 인간성도 남아 있지 않다. 자연과 인간, 사회의 폭력이 뒤섞여 절멸에 도달하고, 살아남은 아이들은 무엇을 해야 할지 질문을 던진다. "충돌"에 관한 물음과 응답을 요구한다. 소진 이후의 삶에서 그것은 가능성이 아니라 잠재성의 문제다. 무위無爲라는, 즉 인간학적 목적에 포획되지 않은 채 함께 모이고, 서로 살아가는 길.[7] '무위를 행한다'는 역설적 표현이 암시하듯, 소진된 인간,

7. 장—뤽 낭시, 『무위의 공동체』, 박준상 옮김, 인간사랑, 2010, 172쪽.

곧 비인간이 삶을 구성하는 방식은 지극히 낯설다. 통념과 상식, 일상의 도덕과 규범을 허물어뜨리듯, 그리하여 외견상 "완파"를 원하는 듯 행해지는 무위의 사례들을 나는 다음 두 장면에서 짚어내 보고 싶다.

첫째, 애자의 방치 속에 어린 소라와 나나가 순자로부터 받은 도시락은 무엇인가? 선물이다. 해석되어야 할 의미 이전에 그것은 밥과 김치로서의 질료적 자양이다. 나기와 소라와 나나, 타자들을 접목시켰던 토양이다. "나기와 나나와 나는 말하자면, 한 뿌리에서 자란 감자처럼 양분을 공유한 사이, 라고 말할 수 있을까."(41) 선물과 "친절"을 혼동하지 말자. 친절은 나나가 소라에게서 거부한 연민이고 뒤늦게 가족을 확인하려 든 금주네의 가족애家族愛다. 선물은 차라리 도둑질에 가깝다. 교환이 아니라 그냥 받는 것이다. 달리 말해, 선물은 보상의 약속 없는 무한한 증여로서만 그 힘을 발휘한다.[8] 「묘씨생」의 "몸"이 우연히 곡씨 노인의 "체온을 받아들"이거나, 『백의 그림자』에서 오무사가 알전구를 덤으로 얹어주는 것, 혹은 소라와 나나가 순자의 도시락을 조건 없이 받아먹은 것처럼. 전적인 단독자가 아니라 타자에게 늘 기대고 얹혀사는

· ·

"언제나 인간의 종말이 관건이 된다."

8. Gilles Deleuze et Félix Guattari, *L'Anti-Oedipe: Capitalisme et Schizo-phrénie*, Les Éditions de Minuit, 1972, p. 219.

삶, 그것이 선물과 도둑질의 공통적인 토대이다. 대칭적 교환경제에 길들여진 인간이라면 기겁하고 말, 합리적이지 않기에 '비인간적'이라 불리는 삶의 진실이 무엇인지 똑똑히 들어보자.

> 빚을 지지 않고 살 수 있나요. […] 그런 것 없이 사는 사람이라고 자칭하고 다니는 사람을 나는 별로 좋아하지 않아요. 조금 난폭하게 말하자면, 누구의 배[腹]도 빌리지 않고 어느 날 숲에서 솟아나 공산품이라고는 일절 사용하지 않고 알몸으로 사는 경우가 아니고서야, 자신은 아무래도 빚이 없다고 말하는 사람은 뻔뻔한 거라고 나는 생각해요.
>
> ―『백의 그림자』(17~18)

나나의 아이가 모체로부터 자양을 뺏어오는 것 또한 다르지 않으리라. 일방적인 주기와 받기, 그렇게 선물과 약탈은 공–동 共-動의 관계를 구성한다. 관건은 그것이 지속적인 흐름의 운동을 구성하고, 낙하의 어느 순간에 클리나멘이 빚어내는 충돌, 곧 사건적 관계와 연결된다는 사실이다.

두 번째는 순자가 세 아이들과 만두를 빚는 광경이다. 겉보기에 그들의 협동은 여느 집안의 가족 행사와 구별되지 않는다. 대개 한 집안의 명절맞이가 맏어른의 주도로 일사불란한 통일성을 이루는 데 비해, 그들은 아무렇게나 모여 앉아 제각각의 일에 몰두한다. 명절이라는 의례는 목적 없는 형식임이 드러나고, 따라서 그들의 함께-있음l'être-en-commun은 공통의 생산물을 예상하거나 보장하지 않는다. 오히려 그들이 "늘어놓은 만두는 소라와 나나와 오라버니의 것이 다 다른 모습"이고, 정념은 질서 없이 유동하여 "그립고 즐겁고 애틋하고 두렵고 외롭고 미안하고 기쁜 마음이 뒤섞여 뒤죽박죽. 엉망진창"이 된다(156). 우리가 아는 공동체는 여기에 없다. 부서지고 파열된 공동체의 폐허 위에 생겨나는 것은 바로 공-동체이다. 주체도 목적도 없이 함께-함으로써만 구성되는 우연의 연대.[9] 이 장면을 모세의 집안과 비교해 보라. 중산층의 평균적 가족에는 지켜야 할 권위의 구조가 있기에 건강한 가장의 요강은 매일 다른 이의 손으로 비워져야 한다. '가풍'이라는 규율이 그것으로서, 가부장적 서열로 조직된 이 가족은 전형적인 동일자들의 집합이다. 여기서 가족의 '명분'을 벗어나는 일탈이나 위반은 허락될 수 없다. '미혼모', '아비 없는 자식'이란 이 공동체에서

. .

9. 황정은의 소설이 사회적이고 정치적인 물음으로서 우리에게 다가오는 지점이 여기다. 사회라는 제도가 아니라 그 생성에 대한 사유로서 사회적인 것(the social)이 진정 문제인 것이다(차미령, 「2010년대 소설의 사회적 성찰」, 『문학동네』 2015년 봄호 440쪽). 앞서 황종연은 이와 같은 문제의식을 2000년대 이후 소설들의 주요한 특징으로 거론한 바 있다. 「매맞는 아이들의 정치적 상상력」, 『탕아를 위한 비평』, 문학동네, 2012, 172쪽.

추방의 징표와 동일할 것이다. 모세가 악인이 아님에도 불구하고 나나가 단호히 그를 거절한 것, 더 정확히 말해 그와 가족적 관계를 맺지 않으려는 것도 그런 까닭이다.

　소라와 나나, 나기는 대체 누구인가? '정상'과 '일반성'에 기댄 관점에서 볼 때 그들은 진정 낯선 존재, 비인간이 아닐까. 개인과 사회, 국가를 종별화하는 일상의 범주들은 그들에게 이질적이다. 바틀비처럼 그들은 공동체의 척도를 부단히 거절함으로써 인간의 윤리를 벗어난다. 비인간으로 살고자 한다. 인간 '너머'의 차원, 그것은 인간-주체의 외부에 있는 순수 잠재성으로서의 타자성을 말한다. 따라서 소라, 나나, 나기를 어떤 인격적 실체로서 재현하거나 해석하는 것은 또 다른 인간학적 환상에 빠지는 일이 될 것이다. 우리는 인간 너머로의 이행과 운동으로부터 그들이 모종의 신체성을 획득해 가는 과정을 조심스레 따라가 보아야 한다. 그것은 인간적 감성 및 합리성과는 이질적인 속도와 리듬에 그들이 어떻게 공명하여 '비인간-되기devenir, 생성'를 감행하는지 살펴보는 일이다. 그리하여 분해 가능하고 또 결합 가능한 공-동체의 잠재성이 어떻게 현실화되는지 지켜봐야 한다. 불가능해 보이는가? 당신이 그것을 표명할 언어를 발견하지 못해서 그런 것은 아닌가? "당신이 상상할 수 없다고 세상에 없는 것으로 만들지는 말아 줘."(187)

5. 새로운 부족들, 문학과 공-동체에 대한 물음

그날 이후, 우리는 얼마나 달라졌는가. 그것은 진정 파국이었을까, 혹은 사이-시간의 한 단락이었을까. 세계가 금세 종말을 고하고 무無로 돌아갈 뿐이라면, 나기의 "너"가 술 취한 목소리로 되뇌듯 "멸종하고 엎어지는" 운명을 피할 길이 없다(207). 그래서 "외롭"고 겁에 질린다. 인지상정일 것이다. 하지만 비인간의 자리에서 본다면 어떨까. 앨리시어처럼 우리는 이미 파국 '안'에 있지만 여전히 도래하지 않은 최후의 '바깥'에 남겨져 있지 않은가. 완전히 끝난 것은 아직 없다. "이번 파도는 너무 작았어, 다음 파도를 기다려."(「파씨의 입문」, 226) 앨리시어의, 소라와 나나, 나기의 삶이 왜 파국적이지 않겠는가. 하지만 나나가 담담히 진술하듯 완전한 절멸은 "천만년에 걸쳐 서서히" 이루어질 일이다. 사이-시간, 문턱의 시간이란 인간에게는 닫힌 공간이지만 비인간에게는 셀 수 없이 열려 있는 마디들의 한 틈새일 따름이다. 나나와 함께 우리는 아직 생각할 수 있고, 무엇인가 만들어볼 수도 있을 것이다. "세계가 끝나는 순간이란 천천히 당도할 것이므로 나나에게는 이것저것 제대로 생각해볼 시간이 있을 것입니다."(226) 비인간의 감각, 우리는 거기에 다다를 수 있을까?

소라와 나나는 나기에게 "도깨비"였다(35, 189). 낯선 타인으로서, 그다음엔 공명하는 타자로서 그들은 마주쳤다. 공동체의 일원이 아니라 공–동체의 한 부분일 때 그들은 비로소 하나의 집합을 이룬다. 그것은 만두를 빚기 위해 모여 제각각 무엇인가를 만들어 내놓은 다음에 흩어지고, 또다시 모여들 수 있는 함께–함共–動의 '비인간적' 집합에 다름 아니다. 여기에 가족을 만들어 대代를 잇고 사회와 국가의 일원으로 복무해야 할 인간적(근대적) 목적은 없다. 이들에게는 통념도 양식bon sens도 습속도 없지만, 그 자체로 충만하다. 심지어 이 낯선 존재들은 물방울을 나비로, 비생명을 생명으로 바꾸려는 이상한 주술가, 실험가이자 발명가처럼 보인다.

소라, 나나, 나기, 라고 말하며 나는 탁자에 물방울 세 개를 찍어 두었다. 그런데 … 하고 소라가 말했지. 나기가 너무 조그맣다, 왜 이렇게 조그매, 제일 조그매, 맘에 안 든다는 둥 말하며 나기라는 물방울에 물방울을 보태고 보태다가 섞이고 말았다. 세 개의 물방울이 뭉쳐 조금 더 큰 한 개의 물방울이 되고 만 것이다. […] 죽은 게 아니야 이건. 합체한 거야. 파워레인저처럼 셋이서 합체. 봐, 이게 뭐 같아? 나는 이게 뭐 같냐면 … 나비 같다.

—『백의 그림자』(202)

낙하하는 단독자로서 그들은 각자 "하나뿐인 부족"임을
어렴풋이 자각하고 있다(204). 인간이 하나의 種의 이름인
것과 달리, 비인간은 낱낱의 개별자들이 각각의 부족을 이루어
살아가는 '다른' 존재들이다. 부족들의 공–동체. 그래서 우리,
인간의 시선에서 볼 때 그들은 '인간답게' 사는 것도 죽는
것도 아닐지 모른다. 그런 그들에게 인간의 윤리를 강요할
수 있을까. '가까스로, 인간'처럼 보이는, '안 죽은' 유령적
존재인 그들에게는 차라리 '비인간의 윤리'란 게 있지 않을까.

> 귀신일까요, 우리는, 귀신일지도 모르죠, 이 밤에, 또 다른
> 귀신을 만나고자 하는 귀신, 하고 말을 나누며 탁하게 번진
> 달의 밑을 걸었다.
>
> —『백의 그림자』(168)

공동체 너머의 공–동체를 찾으려는 욕망이 이로부터 피어
오른다. 또 다른 비인간을 불러 모으는 주술 같은 목소리들이
이제 들리기 시작한다. "노래할까요."(같은 책, 169) 이 노래를
듣고 있는 우리들, 사이–시간의 존재들 또한 비인간이 되지
않을 수 없다. 존재론적 변형으로서의 비인간–되기. 그들의

노래를 듣고 함께 부르기 시작할 때, 우리는 벌써 비인간과 함께-하고 있을 터이기 때문이다. 그럴 때 우리 역시 공-동체를 구성하리라, 그렇게 바랄 수 있으리라. 그것은 희망 없는 기대, 대답 없는 질문 속에 묵묵히 행해야 할 무위로서 우리에게 이미 요청되어 있다.[10]

다시 묻건대, 그날 이후 문학은 무엇을 할 수 있는가? 작가는 좌절된 가능성을 일으켜 세워 그럴듯한 희망의 가상을 제시하지 않는다. 그렇다고 모든 전망의 덧없음, 전적인 절멸의 도락을 희구하지도 않는다. 인간적인 것과의 결별은 누구에게나 두렵고 고통스러운 일인 까닭이다. 그럼에도 넘어야 할 것이 있다면, 그것은 여전히 우리를 결박하는 온갖 인간적인 기대와 집착이다. 반복하건대, "그대, 그대는 어디까지 왔나." 이것이 황정은의 소설이, 그녀를 빌려 비인간이 우리와 문학에 던지는 물음이다. "그러니 누구든 응답하라. 이내 답신을 달라."(「가까스로, 인간」, 449)

• •

10. 이 지점에서 '비인간'과는 다른 계열을 긋는 황정은의 최근 단편들을 떠올리지 않을 수 없다. 예컨대 「양의 미래」(2013), 「상류엔 맹금류」(2013), 「누가」(2013), 「웃는 남자」(2014) 등이 그러하다. 나는 이 작품들을 비인간과는 다른 맥락에서 '유사 인간'의 서사로 재구성해 보고 싶지만, 지금은 어쩔 수 없이 미루어둘 수밖에 없다.

바깥의 문학 혹은 순간의 현존[1]
— 이브 본느프와의 시집 『두브의 운동과 부동에 대하여』

송 승 환

1. 다른 삶들은 있는가

　최초의 만남부터 지금까지 저 문장은 내 왼쪽 심장에 박혀서 매 순간 뛰고 있는 근본 물음이다. 나는 저 문장을 1988년, 열여덟 살 여름에 처음 만났다. 열일곱 살의 봄을 앞두고 나는, 지상의 방 한 칸에서 혼자 살기 시작하였다. 그 방은 높고 춥고 외롭고 어두웠다. 혼자만의 밥을 짓기 위해 새벽에 일어났

..
　1. 이 글은 「아름다운 현존의 순간적인 삶」(『베개』 2018, 3)을 수정·보완한 것이다.

으며 도시락 두 개를 준비하여 학교에 갔다. 학교에서는 수업에 열중하였지만 삶의 어떤 방향성을 알려주는 스승은 드물었다. 집으로 돌아오는 길은 멀고 희미하였다. 집에 도착하여 방문을 열 때마다 검푸른 어둠이 가득히 흘러나왔다. 나는 어디로 흘러가야 할지 모르는 그 방바닥에 엎드려 열일곱 살의 여름과 가을과 겨울을 보냈다. 그리고 열여덟 살의 봄날. 나는, 이름도 낯선 미지의 이름, 아르튀르 랭보(1854~1891), 그의 시집 『지옥에서 보낸 한 철』(민음사, 1974)을 문학평론가 김현(1942~1990)의 번역으로 읽었다. 한 번 읽었지만 읽었다, 라고 말할 수 없는 수준의 독서였다. 그러나 "결핍 없는 영혼이 어디 있으랴?"(「헛소리 Ⅱ」)는 나를 위해 미리 준비한 시구처럼 읽혔고 "다른 삶들은 있는가Est-il d'autres vies"(「나쁜 피Mauvais Sang」)라는 물음은 단번에 심장에 박혔다. 그리하여 내가 당장 답할 수 없는 물음을 품은 그 시집은 쉽게 내려놓을 수 없었다. 학교에서 선택한 제2외국어는 프랑스어였다.

무더운 팔월의 광복절. 나는 고교생 연합문학회에 가입하였다. 매주 일요일에 모인 '빛고을' '남녀' 고교생들이 한 편의 시를 놓고 서너 시간씩 합평회를 하는 문학회였다. 나는 '시'에서 '다른 삶들'이 있음을 알아차렸다. 매주 합평회 시간에는 그 누구의 감시와 어떤 제약도 없이 말할 수 있었고 나와 '다른' 삶의 이면을 살펴볼 수 있었다. '시'는 다른 삶으로 진입할 수 있는 입구이자 이행할 수 있는 통로였다. 마침내 나는 시를 쓰려는 대학생이 되었다. 빛고을, '광주'를 문학과 함께 떠나면서 다른 삶의 성문을 처음 열었던 것이다.

대학에서 나는 독학자였다. 국문과 강의실에 앉아 있었지만 펼쳐 놓은 책은 외국 문학 관련 서적이었다. 우선, 랭보의 시를 김현의 번역과 다른 이준오의 번역으로 『랭보 시선』(책세상, 1990)에서 읽었다. 물론 원문과 대조하여 읽을 만한 프랑스어 실력이 여전히 없었기에 원문과 번역 사이의 간극을 직관과 상상력으로 채우면서 읽었다. 그리고 랭보의 '투시자Voyant' 편지로 유명한 「폴 드므니에게 보낸 편지(1871. 5. 15)」를 읽었다.

나는 17살 랭보의 놀라운 문장이 전개하는 '경이la merveille' 앞에서 오랫동안 머물렀는데, 그중에서도 "모든 감각들의 착란을 통해서 미지에 이르는 것"과 "나는 타자입니다"에서는 거의 정지 상태로 있었다. '미지l'inconnu'라는 낱말과 '타자un autre'라는 이름은 내가 줄곧 탐색해 온 '다른 삶'과 다른 것이 아니었다. 시인은 보이지 않는 세계를 투시하고 미지를 향해 나아가는 사람이라는 것과 '지금'의 '나'와 '다른' '타자'가 되어야 한다는 것을 랭보의 편지를 통해 직감하였다. 나중에서야 "나는 타자입니다"의 원문을 확인했을 때, 그것을 예감한 것처럼 결코 평범한 문장이 아니었다. 랭보는 "나는 타자입니다"를 "Je est un autre."로 썼던 것이다. 그것은 영어에서 "I is an other."라고 쓴 것과 다르지 않다. 일인칭 대명사 'I'에 대응하는 Be동사 'am'을 쓴 것이 아니라 삼인칭 대명사에 대응하는 Be동사 'is'를 쓴 것이다. 즉, "Je suis un autre."로 써야 하는데, 랭보는 의도적으로 "Je est un autre."로 썼던 것이다. 랭보는 일인칭 '나'를 객관화된 삼인칭 '나'로 거듭 태어나도록, 일인칭 '나'의 죽음 이후에 태어나는 삼인칭 '나', 다른 나, 타자, 나의 타자성을 표현하기 위해 "Je est un autre."로 쓴 것이다. 나는 랭보를 통해 다른 삶에 대한 가능성은 무엇보다 내가 다른 나, 타자가 되는 지점으로부터 시작된다는 것을 깨달았다.

2. 『반수신의 오후』에서 '파리, 데카르트 가街'까지

랭보의 시에 대한 직관적 독해는 프랑스 시에 대한 관심으로 이어졌는데, 민희식과 이재호 편역의 『반수신半獸神의 오후』 (범한서적, 1970)에서 그 관심은 증폭되었다. 돈이 없으면서도 거의 매일 들렀던 헌책방에서 우연히 발견한 프랑스 시선집이 었는데, 프랑수아 비용부터 르네 샤르까지 아우르는 시집이었 다. 나는 말라르메의 시를 표제로 삼은 이 시선집에서 처음

이브 본느프와Yves Bonnefoy(1923~2016)를 만났다. 「시법Art poét-
ique」이라는 단 한 편의 짧은 시였는데, "첫 나무가지들로부터
단절된 얼굴 / 나지막한 하늘 아래 두려움으로 만들어진 美
// 어느 난로에다 네 얼굴의 불을 놓을 수 있을까 / 오 머리를
아래로 던진 채로 포로된 메나드여?"라는 시 전문에서 첫
두 시행만으로도 주목을 끌었다. 그것은 현실에 나타난 아름다
운 얼굴이라는 것이 저 최초의 나무와 자연으로부터 단절된
두려움에서 만들어진 것이라는 시적 인식을 드러낸다. 아름다
움은 현실에서 언제든지 파괴될 수 있는 것이고 그 아름다움
너머에는 미지의 어떤 실재가 있음을 암시하는 시행이었다.
나는 이브 본느프와의 시행 속에서 랭보의 '미지'와 '다른
삶'의 행간을 읽었다. 다른 한편으로 말라르메의 『시집』(황현
산 옮김, 문학과지성사, 2005)이 출간되기 전의 1990년대였으므
로 저 "하늘 아래 두려움"의 기원 한 줄기에 말라르메가 놓여
있었는지는 아직 알 수가 없었다. 다만, 정기수 번역을 통해
보들레르의 『악의 꽃/파리의 우울/인공낙원/내면일기』(정음
사, 1968)를 읽었던 것을 떠올리면서 이브 본느프와 역시 보들레
르의 후예임을 직감하였다. 여전히 한국에서 자주 언급되는
보들레르와 랭보와 말라르메의 전집 번역은 이뤄지지 않았다.

  이브 본느프와에 대한 관심은 '열음세계시인선'에 포함된
이가림(1943~2015) 번역의 시선집 『살라망드르가 사는 곳』(열

음사, 1987)을 통해 이어갈 수 있었다. 이브 본느프와의 시집
『*Poèmes: Du mouvement et de l'immobilité de Douve, Hier régnant
désert, Pierre écrite, Dans le leurre du seuil*』(Gallimard, 1982, 이하
인용은 책의 쪽수만 표기)과 비교하여 재독한 결과『살라망드
르가 사는 곳』(열음사, 1987)은 이브 본느프와의 초기 시집
3권에서 뽑은 시선집이었다. 팸플릿 형태의 비공식적 시집
『반플라톤*Anti-Platon*』(1947)을 제외한 그의 공식적인 첫 시집
『두브의 운동과 부동에 대하여*Du mouvement et de l'immobilité de
Douve*』(1953)에서 13편, 두 번째 시집『사막을 지배하는 어제*Hier
régnant désert*』(1958)에서 12편, 세 번째 시집『글이 쓰인 돌*Pierre
écrite*』(1965)에서 16편을 번역한 것이어서 기존에 번역된『세계
전후문제시집』(신구문화사, 1964)을 포함한 7권의 세계시인선
집들과는 그 분량과 집중도에서 비교할 수 없을 만큼 매우
중요한 번역본이었다. 그런 까닭에 이가림 번역의 시선집『살
라망드르가 사는 곳』은 한국에서 이브 본느프와의 초기 시
세계에 대한 개괄적 소개에 큰 도움이 되었다. 그러나 그 시편들
의 순서가 일정하지 않고 섞여 있을 뿐만 아니라 시편의 부분
번역만 되어 있어서 오독의 여지도 있는 시선집이었다.

시선집『살라망드르가 사는 곳』(열음사, 1987)만으로는 이
브 본느프와에 대한 호기심이 충족되지 않았을 때 찾아서
읽은 것은, 계간『외국문학』과『현대시세계』,『현대시사상』과

『현대시학』 등에 실린 평론들이었다. 특히, 이브 본느프와 연구로 박사학위를 받은 김정란의 세 편의 글, 「이브 본느프와 또는 알리바이의 거부」(『외국문학』15, 열음사, 1988. 8), 「詩, <희망>을 가질 의무; 이브 본느프와」(『현대시학』240, 현대시학사, 1989. 3), 「본느프와, 망설이는 사제」(『현대시사상』10, 고려원, 1992. 3)는 이브 본느프와에 대한 이해의 첫 자리를 마련해 주었다. 한편으로 김현의 『행복의 시학 / 제강의 꿈』(문학과지성사, 1991)을 통해 알게 된 제네바학파 평론가 쟝 삐에르 리샤르J. P. Richard의 이브 본느프와론 「사막을 지배하는 어제(상)Hier régnant désert」(이기언 옮김, 『현대시세계』3, 청하, 1989. 6)와 「사막을 지배하는 어제(하)Hier régnant désert」(이기언 옮김, 『현대시세계』4, 청하, 1989. 9)는 프랑스에서 수용되는 이브 본느프와를 살펴볼 수 있었다. 또 다른 글로는 민희식의 「사물·언어·경험: 이브·본느후아의 세계」(『청오』4, 1970. 5)와 이건수의 「본느프와의 처녀시집 『두브』」(『현대시학』346, 현대시학사, 1998. 1) 등이 있다.

이브 본느프와에 대한 국내 2차 저작물을 제외하고 이브 본느프와가 직접 쓴 산문의 번역본을 1990년대에 찾아서 읽을 수 있는 것은 그리 많지 않았다. 민희식에 의해 '이브 본느후아'로 번역된 「시의 行爲와 場所」(『시인』11, 한국시단사, 1969. 11)는 원문의 출처가 표기되지 않았었는데, 그 글은 누벨 바그

상을 수상한 이브 본느프와의 최초 시론집 『있음직하지 않은 것L'improbable』(Merure de France, 1959)에 수록된 「시의 행위와 장소L'acte et le lieu de la poésie」에 해당하며 이브 본느프와의 시를 이해할 수 있는 중요한 시론이다. 다른 글로는 이가림 번역의 「영국 시와 프랑스 시의 거리」(『불사조의 시학』, 정음사, 1978. / Jaques Charpier · Pierre Sghers, L'Art poétique, Editions Seghers, Paris, 1956), 신교춘 번역의 「프랑스 문학과 동일성의 원칙」(『시운동 1984』, 청하, 1984), 장정애 번역의 「말라르메의 시학La poétique de Mallarmé」(『A. 랭보와 S. 말라르메』, 한국 A. 랭보연구회, 1999) 정도를 구해서 읽을 수 있다.

2001년에서야 이브 본느프와의 첫 시집 『Du mouvement et de l'immobilité de Douve』(1953)은 이건수의 완역을 통해 『두브의 집과 길에 대하여』(민음사, 2001)라는 표제로 번역됨으로써 그의 시 세계에 대해 국내 독자들은 정식으로 입문할 수 있는 계기가 되었다. 그리고 2008년 7월, 프랑스에 갔을 때, 이브 본느프와를 의외의 장소에서 갑자기 만났다. 2008년 7월 23일. 파리, 소르본 대학의 뒷골목, 데카르트 가街, rue Descartes, paris와 끌로비 가街, rue Clovis, paris의 교차로에서 우연히 고개를 돌렸을 때, 데카르트 가街 40번지 건물 벽에 그려진 푸른 나무 벽화가 문득, 솟아올랐다. 그 나무 벽화 옆에 새겨진 이브 본느프와의 이름과 시가 나타났다. 나는 돌기둥처럼 멈춰서 그 풍경을 사진으로 찍고 파리 15구의 아파트로 돌아왔다.

그해 여름을 보내고 나는, 생 제르멩 가街의 서점 '지베르 조셉Gibert Joshep'에서 이브 본느프와의 시집을 비롯한 여러 시집들을 구입해서 귀국하였다. 고흐가 살던 아를Arles, 헌책방에서 구한 삐에르 쟝 주브Pierre Jean Jouve의 시집 2권도 가방에 들어 있었다. 삐에르 쟝 주브Jouve는 '두브Douve'의 이브 본느프와가 존경하는 시인이었다. 몇 해 후 한대균의 완역으로 시집 『빛 없이 있었던 것Ce qui fut sans lumière』(1987)(지식을만드는지식, 2011)이 출간되었다. 이브 본느프와가 자신의 글쓰기 작업의 후반부, 그 출발점이라고 언급한 주요 시집이었다. 그리고 2016년 7월 1일, 르몽드 인터넷 기사를 통해 이브 본느프와의 사망 소식을 알게 되었다. 그는 93세의 일기로 작고할 때까지 시집 20여 권, 시론집과 번역론을 포함한 산문집 50여 권 이상을 출간하였다. 국내에서는 이브 본느프와의 번역론을 정식으로 살펴볼 수 있는 송진석 번역의 『햄릿의 망설임과 셰익스피어의 결단L'hésitation d'Hamlet et la décision de Shakespeare』(Seuil, 2015)(한울, 2017)이 출간되었다. 국내 연구로는 1990년대 쒸어진 4편의 석사논문과 2000년대에 쒸어진 소논문 15편이 있다. 이것이 2022년 1월, 한국에서 접할 수 있는 이브 본느프와에 관한 자료의 거의 모든 것이다.

3. 시의 성문, 두브 앞에서

이브 본느프와의 첫 시집 『두브의 운동과 부동에 대하여』 (1953)에는 분명히 보들레르와 랭보와 말라르메의 시적 전통이 살아 있다. 보들레르(1821~1867)가 『악의 꽃』(1861, 제2판)의 제1부 「우울과 이상Spleen et Idéal」에서 줄곧 보여준 것은 그 '이상', 절대absolu에의 추구와 그 절대에 도달하지 못하는 한계에서 겪는 '우울' 사이를 오르내리는 무한 '운동mouvement'이다. 그것은 시 「교감Correspondances」에서 "인간이 상징의 숲과 정다운 눈길"을 주고받을 수 있었던 시간과 본원적 경험의 상실 이후에 발생하는 운동과 정지의 무한 반복 상태와 다르지 않다. 보들레르는 절대, 그 '상징의 숲'에 도달하고자 「상승 Élévation」의 무한 운동을 시도하지만 그 한계 너머로 진입하지 못하고 추락한 「알바트로스L'Albatros」의 죽음에 가까운 상태를 그려 낸 바 있다. 그러나 그는 죽음 앞에서도 결코 절대에의 추구를 포기하지 않는 태도를 견지하는 프랑스 현대시의 시적 전통을 확립하였는데, 이브 본느프와의 첫 시집 『두브의 운동과 부동에 대하여』 또한 그 시적 전통 속에서 절대에의 무한 추구와 그 한계에서의 죽음과 재생을 그려낸다.

다른 한편으로 그의 첫 시집은 랭보가 시집 『일뤼미나시옹

Illuminations』을 통해 도달한 세계의 끝에서 출발한다. 지상의
"날들과 계절들이, 인간들과 나라들이 사라진 후Bien après les
jours et les saisons, et les êtres et les pays"(「야만인Barbare」)에 나타나는
장소, 그 미지의 「진정한 장소vrai lieu」를 거듭된 실패에도 불구
하고 줄곧 지향한다. 아울러 그의 첫 시집은 말라르메(1842~
1898)가 언어의 우연성과 인간의 유한성에도 불구하고 온전한
실재를 담아내려 했던 언어의 무한한 시도와 그 실패의 태도를
담아낸다. 즉 이브 본느프와의 첫 시집 『두브의 운동과 부동에
대하여』는 절대에의 추구라는 무한 '운동과 부동', '미지의
진정한 장소'와 그 실재를 담지하려는 '언어의 시도와 실패'를
그려내는데, 그것은 단 한 번의 시도로서 출현한 것이 아니라
이브 본느프와, 그 자신이 평생에 걸쳐서 추구하는 시학의
첫 「싸움터Lieu du combat」로서 출현한 것이다. 그런 이유로 이브
본느프와의 첫 시집 『두브의 운동과 부동에 대하여』는 프랑스
현대시의 시적 전통을 계승했다는 평가를 받았으며 독자들에
게 그 시적 전통의 이해와 시적 사유의 통찰을 무엇보다 요구한
다.

　이브 본느프와는 절대에의 추구와 실패 사이에 놓인 그
간극을 시집의 표제로 제시한 대문자 '두브Douve'를 통해 암시
한다. '해자垓字'라고 번역되는 일반 여성 명사 두브Douve는
사전적인 의미에서 방어를 위해 성城 주위를 둘러서 물을 채운

도랑을 가리키는데, 성의 안팎의 거대한 틈, 성을 둘러싼 외곽
의 경계, 성문의 도개교가 내려오지 않는 한 성안으로 들어갈
수 없는 한계의 장소를 함의하기도 한다.

두브는 저 멀리 돌들 틈에서 너의 이름이 될 것이다
깊고 검은 두브
노력이 사라지는 줄어들지 않는 얕은 물

— 「정의Justice」[2] 부분

두브는 전쟁 시에 성안으로 들어가지 못한 사람들의 수많은
죽음들, 그 장소를 감싸고 있으면서 줄어들지 않는 죽음의
얕은 물이며 성의 내부를 들여다보지 못하고 죽은 자들의
돌무덤, 그 "깊고 검은" 틈이다. 닫힌 성문을 포기하지 않고
문을 열기 위해 싸우는 사람들이 있는 한, 물의 운동과 돌의
부동, 그 삶과 죽음의 변증법이 줄어들지 않고 전개되는 장소이
다. 그 성의 바깥, 죽음의 장소에서 다른 삶의 가능성을 묻는
랭보가 미지의 환상들, '일뤼미나시옹Illuminations'을 보았다면
말라르메는 언어의 모든 의미가 소멸되는 부재不在, 그 무無,

• •

2. Yves Bonnefoy, *Poèmes: Du mouvement et de l'immobilité de Douve,
Hier régnant désert, Pierre écrite, Dans le leurre du seuil*, 1982, p. 104.
이하 번역은 필자.

Néant를 경험한다.

　우리 내부에 있는 장차 다가올 의식에 페르스발^{Perceval}이
자문해야 할 일은 사물이나 존재가 무엇인가 하는 문제가
아니고 다음과 같은 것이다. 왜 그것들이 우리가 자기 것이라
고 생각하는 장소에 존재하는가. 그리고 얼마나 어둡고 깊은
대답을 그것들은 우리가 묻는 소리에 대해서 지니게 될 것인가.
그러한 사물이나 존재를 지탱하는 우연성에 경탄해야만 할
것이다. 그리고 그것을 갑자기 볼 것이다. 마땅히 그것은 이
불확실한 지식의 최초의 운동에 있어서, 그들의 사물과 존재로
머물며, 그리고 그것들을 시들게 하는 그 죽음, 무명성無名聲,
유한성을 인식할 수밖에 없을 것이다.

　죽어야 할 사물에 대한 사랑이라는 보들레르의 발자취를
다시 한번 더듬기를 나는 제안한다. 닫혀져 있다고 그가 믿은
입구에 밤의 가장 슬픈 증거 앞에 다시 한번 서보기로 하자.
모든 미래, 모든 계획은 흩어진다. 허무는 사물을 무로 돌리고
우리는 바람 속에서 맑은 이 불꽃에 사로잡힌다. 이미 우리를
지탱하는 어떤 신념도 공식도 어떠한 신호도 없이 제아무리
엄격한 눈초리도 결국은 절망하고 시든다. 하지만 이 형상
없이 자기를 상실한 지점에 머무르자. 이 걸음을 포기해서는
안 된다. 왜냐하면 이것은 획득한 걸음이니까. 사실 하나의

변화가 일어날 것이다.

—「시의 행위와 장소(1959)」,[3] 부분

페르스발Perceval은 12세기의 프랑스 작가 크레티앵 드 트루와[4]가 쓴 미완작 『페르스발의 로망 또는 그라알 이야기』Le Roman de Perceval Ou Le Conte Du Graal』(1185년경)(최애리 옮김, 을유문화사, 2009)에 등장하는 주인공인데, 이 '로망roman'은 아더왕 이야기와 흔히 '성배 전설'로 알려진 어부왕 이야기의 원형이다. 페르스발은 제 이름도 모른 채 홀어머니의 슬하에서 외지고 거친 숲에서 자란 무명無名의 소년이다. 어느 날 페르스발은 무장한 기사들의 쇠사슬 갑옷과 빛나는 투구를 보고 그들이 세상에서 진정 아름다운 사람들이라고 생각한다. 소년은 아르튀르Arthur, 즉 아더왕이 그들을 기사로 임명하고 갑옷과 투구를 주었다는 것을 듣는다. 소년은 아더왕의 기사가 되기 위해 어머니의 집을 떠난다. 소년은 아더왕을 만나고 잇따른 모험을 거치면서 성숙해지고 아름다운 연인을 얻는다. 청년은 결혼을 위해 어머니를 찾아가는 길에 하룻밤 머무는 낯선 성에서

• •

3. 이브 본느프와, 「시의 行爲와 場所」, 민희식 옮김, 『시인』11, 한국시단사, 1969. 11.

4. 정명교, 『크레티앵 드 트루와 소설의 구성적 원리: 프랑스 근대 소설의 기원에 관한 연구』, 서울대학교 대학원 박사논문, 1993. 참고

불수의 성주로부터 커다란 환대를 받는다. 그날 밤에 그는 '피가 흘러내리는 창'과 찬란한 금빛 '그라알Graal'의 신비한 행렬을 목도하면서도 "왜 창에서는 피가 흐르는가", "그라알은 어디로 가져가는가"라고 묻지 않는다. 다음날 아침에 아무도 없는 성을 떠나기 위해 그가 성문의 도개교를 건너자마자 다리가 올라가고 성문은 닫혀버린다. 그는 우연히 만난 사촌누이로부터 낯선 성주는 어부왕인데, 왜 창에서는 피가 흐르고 그라알은 어디로 가져가는지를 묻지 않았냐고 질책받는다. 어머니의 죽음을 전하는 사촌누이가 이름을 묻자 제 이름도 모르는 그는 짐작으로 '페르스발 르 갈루아Perceval li Galois, 웨일스 사람 페르스발'라고 대답한다. 사촌누이는 그가 그 모든 것을 묻지 않아서 부유한 어부왕漁夫王의 상처는 낫지 않고 그의 땅은 황폐해질 것이며 페르스발에게도 큰 불행이 닥칠 것이라고 예언한다. 이에 페르스발은 아더왕과 재회했음에도 불구하고 아더왕의 성에 안주하지 않는다. 그는 '왜 창에는 피가 흐르고 그라알은 어디로 가져가는지'에 대한 진실을 알아내고자 결코 포기하지 않는 모험을 떠난다.

이브 본느프와는 『페르스발의 로망 또는 그라알 이야기』를 통해 이름 없는 소년이 아름다운 갑옷과 투구를 얻기 위해 아더왕을 만나고 기사가 되는 모험에서 대담한 '페르스발'이라는 임의의 이름을 주목한 것처럼 보인다. '페르스발'은 무명의 소년이 '기사', 즉 타자가 되기 위해 다른 삶과 다른 세계로 나아가면서 겪는 모험과 뜻밖의 사건 속에서 발화한 '우연'한 이름이다. 그 '페르스발'은 연약한 여성들을 구하고 연이은 무공을 세우면서 이 세상에서 가장 명예롭고 아름다운 이름이 된다. 그러나 신비한 '창과 그라알'에 대해 묻지 않은 자신의 무지無知, 그 정신의 유한성 앞에서 제 이름은 진정한 의미가 부재한 불운의 무의미한 이름이 되고 만다. 어부왕의 성안에서 '창과 그라알'에 대한 물음을 통해 어부왕의 상처를 치유하고 세계를 구원할 수 있는 기회를 상실한 죽음, 그 이름이 된 것이다.

여기 패배한 슬픔의 기사가 있다.
그가 샘을 지키고 있었듯이, 여기서
나는 잠에서 깨어나고 나무들 덕분에
물소리 속에서, 이어지는 꿈.

그는 침묵한다. 그의 얼굴은 내가 찾는 것
모든 샘들 또는 절벽 위에서, 죽은 형제의 얼굴.
정복당한 밤의 얼굴, 기울이는
찢어진 어깨의 새벽 너머로.

그는 침묵한다. 명확한 언어로 패배한 자는

싸움의 끝에서 무엇을 말할 수 있는가?

그는 참혹한 얼굴을 땅바닥으로 돌린다,

죽는다는 것이 그의 유일한 외침, 진정한 휴식이다.

— 「싸움터 I Lieu du combat I 」(109) 부분

그런 점에서 "패배한 슬픔의 기사", '페르스발'은 닫힌 성문 바깥에서, 내려오지 않는 도개교 아래의 두브 앞에서 존재의 위기와 우연한 이름의 죽음을 겪고 있는 '현존présence', 그 '언어'에 대한 메타포이다. "첫 나뭇가지들로부터 단절된 얼굴 / 낮으막한 하늘 아래 두려움으로 만들어진 美"(「시법Art poétique」)처럼 실재의 의미가 부재한 언어가 순간적으로 빛났다가 사라지는 이름, 그 언어의 아름다움이다.

페르스발은 자신의 유한성을 자각하자마자 제 이름의 우연성과 이제는 무의미한 아더왕과의 생활에 안주하지 않고 결코 포기하지 않는 모험을 떠난다. 그는 '창과 그라알'이 소재한 장소로 향하여 그가 목도한 그것들에 대한 '물음'을 통해 불수의 어부왕을 치유하고 어부왕의 '황무지'를 구원하면서 자신의 죄를 정화하고자 한다. '창과 그라알'이 무엇을 의미하는가와 그것들의 행방을 묻지 못했기에 그것들이 있는 진정한 장소로 향한다. 그리하여 페르스발이라는 이름, 그 언어가 향하는

장소의 두브는, 매번 죽음을 겪으면서도 진정한 이름을 획득하기 위해 재생하고 현존하는 글쓰기의 운동과 부동, 그것이다. T. S. 엘리엇이 시 「황무지The Waste Land」(1922)에서 '어부왕 이야기'를 통해 현대사회의 불구성과 황폐화된 세계만을 비극적으로 형식화했던 것과 달리 이브 본느프와는 페르스발을 통해 거듭된 실패와 죽음에도 불구하고 진정한 이름과 진정한 장소를 얻기 위한 무한한 모험의 글쓰기, 그 실재를 향한 시쓰기를 주목한 것이다.

> 너의 존재였던 이 성城을 나는 사막으로 부르리라,
> 이 목소리를 밤으로, 너의 얼굴을 부재로,
> 그리고 네가 불모의 땅속으로 쓰러질 때
> 나는 네가 실어온 번개를 무無라고 부르리라.
>
> 죽음은 네가 사랑했던 나라. 나는 온다
> 그러나 언제나 너의 어두운 길을 따라
> 나는 너의 욕망, 너의 형태, 너의 기억을 부순다,
> 나는 연민 없는 너의 적이다.
>
> 나는 너를 전쟁으로 명명하고 나는 빼앗으리라
> 네게서 전쟁의 자유를 그리고 나는 가질 것이다

내 손 안에 너의 어둡고 가로지른 얼굴을
내 마음 안에 뇌우雷雨가 불 밝히는 이 나라를.

깊은 빛은 필요하다 나타내기 위하여
차형車刑 당한 대지와 바스락거리는 밤을.
불꽃은 어두운 숲에서 타오른다.
언어에게도 필요한 것은 하나의 물질,
모든 노래 너머 저 움직이지 않는 기슭.

너는 살기 위하여 죽음을 뛰어넘어야 한다,
가장 순수한 현존은 쏟아진 피.
　　　　　　　─「진정한 이름Vrai nom」(73~74) 전문

　페르스발처럼 명명된 존재의 모든 이름은 실재와는 무관하
게 우연히 발화된 이름이기에 그 이름의 기원에 있는 실재의
진정한 장소에 대한 물음 앞에서 페르스발, 그 현존은 명명과
재명명의 무한 반복 속에서 매번 죽었다가 매번 다른 이름으로
되살아나는 순간만을 산다. 이브 본느프와는 부재와 죽음 앞에
서도 결코 포기하지 않는 시쓰기, 사물의 이름을 명명하는
순간 그 이름이 말라르메가 경험한 무無가 됨에도 불구하고
페르스발처럼 물러서지 않는다. 이브 본느프와는 그 무無, 죽음

의 경험 이후에도 두브 앞에 머무를 때 나타나는 "하나의 변화", 다른 삶을 향한 가능성, 그것을 "희망espoir"이라고 말한다.

시, 그것은 땅 위의 현존의 층위에서 사물(언제나 하나의 삶)을 취하는 것이며, 여기에서 사물은 여러 장소 가운데 한 장소에서 한순간 실존할 따름이고 바로 이 사실로 이내 그것을 꺾는 이에게는 실재이며, 그러므로 잠재적으로 존재에 속한다. 시, 그것은 가장 작은 단어 안에서 그것의 개념적 사용으로부터, 담론으로부터, 사물들을 호출하는 힘을 향해, 말을 향해 오르는 것이다. 그것은 하나의 단어가 다른 단어들과 결합하며 모두 고유명사가 되는 가운데, 그 단어 안에서 꽃다발이나 화환의 경험을 다시 사는 것이다. 나는 이것을 정신이 꽃에서 발견하는 자산이라고 부를 것이다.
　　　—『햄릿의 망설임과 셰익스피어의 결단』 부분5

그 희망으로서의 시, 잠재적으로 솟아오른 꽃다발 같은 낱말들로 지은 시, 그 시가 한순간 현존하는 언어는, 진정한 이름과

　　5. 이브 본느프와, 『햄릿의 망설임과 셰익스피어의 결단』(L'hésitation d'Hamlet et la décision de Shakespeare, Seuil, 2015), 송진석 옮김, 한울, 2017, 141쪽.

다른 삶의 가능성을 갖는 것이다. "글쓰기? 그것은 사용된 각각의 단어 속에서 언제나 좌절되는 어떤 가능성에 대한 귀 기울임"(72)인 것이다.

시인 이브 본느프와는 셰익스피어의 『햄릿』을 다섯 번이나 재번역하여 출간했을 뿐만 아니라 다수의 셰익스피어와 예이츠 작품을 옮긴 번역가이기도 하다. 그는 셰익스피어의 『햄릿』을 처음 번역한 1957년부터 『소네트』를 번역한 2007년에 이르기까지 셰익스피어 번역에 집중하였다. 『햄릿』에서 대신大臣 폴로니어스의 아들, 레어티스는 아버지 폴로니어스가 신뢰하고 구축한 현실의 질서를 의심 없이 수용하며 그 현실의 질서와 개념을 계승하고자 한다. 이에 반하여 햄릿은 선왕先王 아버지의 억울한 죽음과 진실 규명이 이루어지지 않는 현실을 수용할 수 없다.

이브 본느프와는 햄릿의 물음을 주목한다. "우리가 사는 세계를 그대로 받아들여야 하는가 아니면 개선해야 하는가?"(58) 햄릿의 물음은, "진정한 삶은 부재하다. 우리는 이 세계에 있지 않다La vrai vie est absente. Nous ne sommes pas au monde"며 "삶을 바꾸기changer la vie"(「지옥에서 보낸 한 철」)를 제안한 랭보의 시구와 다르지 않다. 아버지를 살해한 삼촌이며 의붓아버지가 된 클로디어스, 왕 클로디어스에 협력하는 폴로니어스가 지배하는 현실 세계. 햄릿이 그 권력 질서와 진실이 부재한 현실 세계를 인정하고 받아들이는 것은 살아 있는 '존재'가 되는 것이 아니라 죽은 '비존재'가 되는 것이다. 햄릿에게 현실 세계의 수용 여부는 "존재냐 비존재냐To be or not to be"의 문제인 것이다. 햄릿은 진정한 삶을 살기 위하여 죽음을 예감하면서도 결투장으로 향한다. 이 세계에서 살아 있는 '비존재'가 되기보다 다른 세계의 진정한 장소, 거기서 죽어서 진정 살아 있는 '존재'가 되고자 한다. 그런 점에서 햄릿과 페르스발, 보들레르와 랭보와 말라르메는 모두 다른 이름들이지만 '지금 −여기'의 죽음과 부재의 비존재가 아니라 '미지−거기'의 다른 삶과 진정한 장소로 향한 존재, 모두 동일하게 '시인'이라고 부를 수 있는 이름들의 현존이다. 그 이름들은 죽더라도 결코 죽지 않는다. 그 이름들은 죽음 속에서 태어나는 「불사조Phénix」와 「불도마뱀La salamandre」이고 그녀의 이름으로 명명된 '두브 Douve'이며 거듭된 실패에도 불구하고 포기하지 않는 '나'의 시쓰기이다. 그것들은 죽음과 부재의 현실 세계에서 순간의 현존을 살 수 있도록 다른 삶과 진정한 장소에서 들려오는 「어떤 목소리Un voix」, 그리고 「다른 목소리Une autre voix」이다. 그 목소리들은 남편 "오시리스"(「유일한 증인Le seul témoin」)의 죽은 시체를 재결합하여 부활시킨 이집트 신화, 이시스Isis의 외침이며 이시스처럼 디오니소스를 섬기는 무녀이자 영매인 "메나드Ménade"(「유일한 증인Le seul témoin」)가 불러낸 타자의 목소리이다. "어느 난로에다 네 얼굴의 불을 놓을 수 있을까 / 오 머리를 아래로 던진 채로 포로된 메나드여?"(「시법Art poétique」)라고 호명하는 두브의 목소리이다.

그리하여 시집 『두브의 운동과 부동에 대하여』는 그 수많은 이름들, 삶과 죽음의 변증법과 무한 운동을 거느리고 있다. 하나의 완결된 시극 형식처럼 시집은 「연극Théâtre」, 「마지막 몸짓Derniers gestes」, 「두브는 말한다Douve parle」, 「오랑주리L'Orangerie」, 「진정한 장소Vrai lieu」의 총 5부로 구성되어 있는데, 표제가 암시하고 있듯이 시집은 운동에서 부동으로, 삶에서 죽음으로 치닫고 있다. 「연극Théâtre」과 「마지막 몸짓Derniers gestes」이 두브의 운동이고 「두브는 말한다Douve parle」가 두브의 말이라면 「오랑주리L'Orangerie」와 「진정한 장소Vrai lieu」는 부활과 재생으로 이어지는 두브의 죽음을 암시한다. 그 이름들의 죽음, 다른 삶을 향한 무한 운동과 부동 속에서 만나게 되는 것은 '피 흘리는 창'과 '그라알'처럼 개념으로 포착할 수 없는 불과 돌, 물과 나무와 같은 실재이다. 그것들은 언어 이전에 거기에 있다. 두브는 죽음을 무릅쓰면서 그 진정한 장소에 있는 실재의 목소리에 귀를 기울이고 명명하기를 그치지 않는다. 그 아름다운 현존의 순간적인 삶을 산다.

이제 나는 다른 삶들은 있는가, 라는 물음과 함께 떠난 미지의 모험에서 만난 시의 성문, 두브 앞에 서 있다. 나는 '모든 사물의 완전한 지식'을 추구한 르네 데카르트René Descartes, 그의 이름이 붙여진 거리의 40번지 건물 벽에 그려진 푸른 나무 벽화와 그 나무 벽화 옆에 새겨진 이브 본느프와의 시를 떠올린다.

그의 제목 없는 시를 읽고 노트에 옮겨 적으며 천천히 행간을 음미해보곤 했는데, 이번에 그 시를 번역해보았다. 가끔씩 구글맵으로 검색하면 그 건물 벽에 있는 푸른 나무의 '벽화 시'였다. 시는 순간 나타났다가 사라지리라. 그러나 나무는 그 자리에 현존하리라. 철학의 개념을 거부하고 언어로 규정할 수 없는 나무, 그 실재가 현존하는 진정한 장소임을 암시하는 그의 시처럼. 나는 나무들 사이를 거닐며 나의 손이 욕망하는 하늘과 바람과 새를 바라본다.

거닐어라,
이 거대한 나무를 보라
그 사이를 지나는 것으로 충분하다.

비록 찢기고 더럽혀진 거리의 나무일지라도,
모든 자연, 모든 하늘, 새는 거기에 머무르고, 바람은 나무를 흔들고, 태양은 죽음을 무릅쓴 희망처럼 나무를 말한다.

철학자여,

너의 길에서 나무를 가져보았는가,

네 사유가 덜 고통스럽고,

네 눈이 더 자유롭고,

네 손이 밤보다 더 많은 것을 욕망할 나무를.

　　　　　　―파리 데카르트 가街 40, 벽화 시 전문

탈인간을 위한 시—차들[*]
—거대한 연결의 시적 조건

최 진 석

1. 대연결의 시대

심신이원론은 정신과 신체를 상호 교통할 수 없는 두 실체로 보았던 데카르트 철학에 붙은 명칭이다. 사유와 연장은 이 두 실체의 상이한 속성들로서 양자를 구별해주며, 따라서 그 둘이 만나거나 뒤섞인다면 논리적으로 상치되는 결과가 빚어진다. 가령 하늘로 높이 던져 올린 돌멩이는 포물선 운동을 하며 중력의 영향을 받아 지상에 낙하한다. 정교한 장치를

* 이 글은 『문학동네』 2022년 봄호에 실린 글을 수정·보완한 것이다.

이용한다면, 우리는 과학적 법칙에 따라 그 운동의 속도와 변곡점, 낙하의 시간 및 위치마저 예측할 수 있을 것이다. 반면, 도스토옙스키의 지하생활자가 절규처럼 내뱉었듯 인간은 2×2=4라는 수학적 법칙을 벗어나는 존재이다. 2×2=5가 아무리 비합리적 오류라 해도, 그것을 믿고 행하고 싶다면 기어이 따르고 마는 존재가 인간이란 것이다. 만일 돌멩이와 인간이 그토록 건널 수 없는 차이를 갖는다는 점에 수긍한다면 당신은 여지없이 데카르트의 후예, 즉 근대인이라 할 수 있다. 영혼이 없는 순수한 물질로서의 자연은 기계론적 법칙에 종속되기에 예측 가능한 객체에 해당된다. 반면, 물질과는 달리 영혼을 지닌 인간은 예측 불가능한 주체이다. 이 도저한 '상식'을 어떻게 거절할 수 있을까?

정신과 신체를 분리하려던 데카르트의 구상은 양자가 동일한 속성을 공유한다고 믿던 중세적 세계관을 탈피하려던 기획이었다. 다시 말해, 모든 존재에게는 영혼이 있다는 중세적 믿음에서 빠져나와, 데카르트는 인간만이 영혼을 소유한다고 주장했다.[1] 이에 따라 죽은 것이든 산 것이든 자연계의 사물은 일종의 기계로 간주되어 객관적 법칙에 따라 운동하는 물체로

1. 르네 데카르트, 『방법서설. 정신지도를 위한 규칙들』, 이현복 옮김, 문예출판사, 1997, 216쪽.

규정되었다. 산과 바다, 암석과 초목, 심지어 동물에 이르기까지 비인간적인 것 일체는 법칙에 예속되는 대상이다. 물질적 연장의 신체적 존재자인 인간 또한 법칙의 영향을 받으나, 영혼의 담지자이기에 단지 법칙만으로는 설명할 수 없는 예외적 존재라 선포되었다. 휴머니즘, 곧 인간중심주의가 표방하는 인간의 우월성은 이로부터 성립한다. 이 논리를 역순으로 좇으면 근대적 세계관이 갖는 분절성 혹은 불연속성을 쉽게 발견할 수 있다. 인간은 사물과 다르고, 동물과도 다르다는 것. 인간과 비인간은 절대적인 차이를 내포할 뿐만 아니라 넘을 수 없는 위계에 의해 나뉘어 있다는 것. 요컨대 근대는 인간과 비인간의 이분법적 배치, 불연속적 분리가 낳은 세계에 다름 아니다.

어느 지성사가의 말을 빌린다면, 근대적 이분법은 크게 네 번의 불연속을 전제하며, 이를 넘어서는 네 가지 혁명을 통해 해체되었다. 첫째, 우주에 있어서의 지구 중심성을 해체한 코페르니쿠스 혁명. 고대와 중세의 형이상학적 우주가 근대의 물리학적 우주로 변경되면서 지구는 수많은 행성들 중 하나가 되었다. 둘째, 인간과 동물을 절대적으로 나누던 위계를 해소시킨 다윈의 진화론 혁명. 지성과 이성으로 무장한 인간이 '영혼 없는' 존재인 동물을 지배하는 시대는, 인간이 동물로부터 유래했다는 폭탄 같은 발견에 의해 무너져 내렸다. 셋째, 무의식이야말로 의식적 삶을 압도하는 힘이라는 프로이트의 정신

분석 혁명. 광기와 꿈, 오류를 추방하려던 데카르트의 코기토는 저 지하로부터 솟아오르는 이드에 의해 조종되는 객체임이 드러났다. 넷째, '사유하는 기계', 즉 컴퓨터와 인공지능의 발명이 일깨운 인간-기계의 공진화 혁명. 인간에 의해 제작되는 기계는, 이제 인간과 동류적으로 연결될 뿐만 아니라 인간과 구별 불가능한 대상으로 진화해 가는 중이다.[2] 인간과 비인간의 불연속은 근대 내부에서부터 깨져나가기 시작해 지금 그 종점에 도달한 듯싶다.

네 가지 불연속이 타파된 세계, 그것이 우리가 처한 시대 상황이다. 아이로니컬하게도, 지금 우리는 차이와 위계, 불연속과 분리가 지워지며 모든 것이 다시 이어 붙여지는 대연결의 시대를 살고 있다. 지구는 태양계를 넘어서는 우주론적 평등성의 원리에 따라 운동하며, 동물은 인간 못지않게 감각하고 의사소통하는 존재임이 밝혀졌다. 무의식적 욕망은 이제 인간의 불가결한 존재 조건으로 부각되었고, 인공지능의 발전은 '마음'이 인간의 고유한 소유물이 아님을 반증한다.[3] 꼭 과학적

2. 브루스 매즐리시, 『네 번째 불연속』, 사이언스북스, 2001, 13~14쪽.
3. 이에 관한 논저는 대략 다음과 같다. 칼 세이건, 『코스모스』, 홍승수 옮김, 사이언스북스, 2004; 프란스 드 발, 『동물의 생각에 대한 생각』, 세종서적, 2017; 장-미셸 우구를리앙, 『욕망의 탄생』, 김진식 옮김, 문학과지성사, 2018; 스튜어트 러셀, 『어떻게 인간과 공존하는 AI를 만들 것인가』, 이한음 옮김, 김영사, 2021.

이론에 입각하지 않더라도, 인간이 지구계 전체의 순환에서 중심이 아니라 부분이란 점은 잘 알려진 사실이다. 인류세를 필두로 한 최근의 인문학 담론은 생명과 사물의 연속적 궤적 속에 인간을 삽입하는 것 혹은 지구사적 문맥에서 인간의 부정성 내지 최소성을 기입하는 것이 당연하고도 긴급한 사안임을 천명한다.[4] 거대한 연속, 대연결의 서사가 우리 시대를 압도하는 담론으로 자리 잡은 것이다.

　지구 전체로 확장된 존재자들의 민주주의, 인류세와 그 너머를 바라보는 고양된 세계상의 탈근대적 분위기는 분명 긍정적이다. 모든 것이 생성·관류하는 이 세계는 존재론적 위계나 가치론적 차별의 구획들로 가득 찼던 지난 세기보다 생명과 사물에 우호적이며, 새로운 가능성과 전망의 지평을 열어준다. 하지만 동시에 이 모든 현상이 그리 낯설지만은 않다는 것도 문제적이다. 존재와 생성이라는 두 축이 지성사를 관통하는 담론적 주제임을 기억한다면[5] 현재의 비인간주의 역시 이전의 담론적 풍조와 교묘하게 엇갈리며 궤를 같이하고 있다는 인상

* *

　4.　얼 엘리스, 『인류세』, 김용진 외 옮김, 교유서가, 2021, 33쪽.
　5.　프랭클린 보머, 『유럽 근현대 지성사』, 조호연 옮김, 현대지성사, 1999, 제1장. 변하는 것(생성)과 변하지 않는 것(존재)의 사상적 진폭은 인간학의 시차에 따른 담론적 투쟁과 관련된다. 어느 쪽이든 인간에 대한 정의가 변천함에 따라 사상사의 시계추도 극단을 오갔고, 인간과 비인간의 무게중심도 요동쳐왔다.

을 지울 수 없다. 물론 우리 시대의 비인간주의, 곧 세계와 인간, 사물의 존재론적 평등성에 대한 전환적 인식이 낡은 것의 반복일 뿐이라 폄하할 수는 없다. 그럼에도 이 현상이 정말 인간주의의 잔영을 벗어나는 전환을 가리키려면, 단지 담론적 유행을 넘어서는 무엇인가가 더 필요할 듯싶다. 근대 인간학을 덜어내기 위한, 동시에 끝내 덜어낼 수 없기에 감수해야 하는 그 조건은 무엇일까? 인간과 비인간에 관한 이 주제를 최근의 시적 사유를 통해 재고해 보려 한다.[6]

2. 탈인간의 조건들

근대의 인간학, 휴머니즘에 의한 불연속과 분리, 위계화의 세목들에 대해서는 무수히 많은 분석과 비판이 쏟아졌기에, 여기서 또 자세히 살펴볼 필요는 없다. 그보다는 대연결이란 무엇인지, 그 구체적인 양상에 관해 선행적으로 짚어보는 게 낫겠다. 세 가지를 열거할 수 있는데, 우선 지구사적 문맥,

· ·
6. 이 글은 다음 두 글의 연장선에서 쓰였다. 최진석, 「팬데믹 이후, 세계의 저편 — 인류세와 지구생태적 위기의 시적 감응들」, 『현대비평』 8, 2021 가을호; 「인간 이후의 인간—포스트휴먼의 시학은 언제 시작되는가?」, 『작가들』 78, 2021 가을호.

다음으로 사회문화적 논제, 마지막으로 사상사적 논점이 그것들이다.

2020년 초부터 흡사 '도둑처럼' 들이닥친 코로나19의 전 세계적 유행은 지구사적 맥락에서 대연결을 실감하게 만든 사건이다. 중국 우한에서 처음으로 보고된 코로나19 병원체는, 그 발생 원인은 여전히 불명확하지만 단시일에 세계 전역으로 확산되었으며, 2년 차에 접어든 2022년 2월 현재 전 세계에서 4억 2천만 명의 감염자를 낳았고, 6백만 명에 이르는 사망자를 발생시켰다. 14세기부터 19세기까지 유럽과 아시아에서 간헐적으로 유행한 흑사병, 즉 페스트가 누계 2억 명 정도의 사상자를 일으켰으니 비교할 수 없을 정도의 단기간 동안 그 두 배의 사상자를 낸 셈이다.

팬데믹의 충격은 21세기에 접어들며 세계 지성사를 자극하던 전지구화Globalization의 개념을 체감의 현실로 이루어냈다는 데 있다. 1980년대 이래 정보기술 혁명은 인터넷의 탄생과 함께 지구 전체의 동시적 연결망을 구축했지만, 이는 전자적 네트워크에 의한 비물질적 연결성의 구현에 한정된 것이었다.[7] 이후 '제국'이라는 문제 틀을 통해 그 감도가 더욱 강화되긴

• •

7. 마누엘 카스텔, 『네트워크 사회의 도래』, 김묵한 외 옮김, 한울아카데미, 2003, 36쪽 이하.

했지만,[8] 고도화된 통신네트워크와 SNS라는 사회적 소통 매체의 발달은 어디까지나 가상현실에 기반을 둔 간접적 지구화의 증표로 제출될 뿐이었다. 코로나19는 이 같은 비물질적이고 간접화된 연결의 거대한 그물을 개인의 신체적 차원에서 지각하게 만든 사건이다. 더욱이 코로나19가 동물로부터 인간에게 옮겨진 인수공통감염병이라는 사실은 인간과 비인간 사이의 불연속 또는 연속에 대한 사상사적 논쟁을 과학적 증거에 입각해 종식시켰다. 동물로부터 최초로 전염되었다고 알려진 병원체는 자연적 경계에 대한 인간의 무분별한 침범과 훼손으로 말미암은 것임이 밝혀짐으로써, 인간과 동물, 자연과 사회 사이의 전통적 경계를 깨뜨리고 종간 연결의 보편적 가능성을 열어 놓은 것이다.[9] 이 연결은 지구적 차원의 생태계적 일원성, 그 광범위한 보편적 연결 고리를 상상하게 만듦으로써 더 이상 인간 대 동물, 자연 대 사회의 이분법이 유지될 수 없는

· ·

8. Michael Hardt & Antonio Negri, *Empire*, Harvard University Press, 2000, pp. 19~21.

9. 이로써 인간과 비인간 사이의 피해와 가해의 이분법 또한 무의미해졌다. 인간이 곧 가해자이자 피해자로 증명되었기 때문이다. 물론 비인간 존재자에게 더 큰 피해를 주면서. 이항, 「팬데믹의 시작: 인간, 가축, 야생동물의 접점」, 인간-동물 연구 네트워크 엮음, 『관계와 경계』, 포도밭, 2021, 127~142쪽. 인수공통감염병 원인의 하나로 기후 위기가 지적되곤 한다. 정석찬, 「하나의 건강, 하나의 세계: 기후변화와 인수공통감염병」, 김수련 외, 『포스트 코로나 사회』, 글항아리, 2020, 214~216쪽.

상황을 인식하게끔 강제했다.

　코로나19의 대유행이 낳은 또 다른 효과는 공동체의 연결성에 대한 확인과 긍정이다. 대기중 비말 산포를 통해 무차별적으로 확산되는 코로나19 바이러스는 마스크로 상징되는 사회적 분리와 차단을 초래했다. 초기 방역 단계에서 마스크 공급 부족과 사재기 등으로 인해 대중의 불만이 차오르고, 자신의 생존을 위해 서로를 배척하고 의심하던 상황을 잘 기억할 것이다. 근대 사회는 공동체 바깥의 위험에 대한 방비책으로 자신의 권리를 일정 정도 반납하는 대신 보호와 안전을 구하는 체계로 성립했다. 하지만 코로나19는 바로 그 사회, 즉 동질적 시민들이 다수로 거주하는 공동체야말로 '밀접 접촉'을 통한 감염과 죽음의 위기를 맞이할 수 있는 장소임을 인식하게 만들었다. 그뿐만 아니라 사회적 계층에 따라 질병에 노출될 위험성과 치료 및 생존의 가능성에 편차가 빚어짐이 밝혀졌을 때,[10] 이 사회는 곧장 파경의 순간으로 돌입할 수 있는 것이었다.

　이러한 긴급성과 위급성은 제도정치의 차원에서도 반복되

---

10. 우석균, 「불평등한 세계에서 팬데믹을 응시하다」, 『포스트 코로나 사회』, 128~148쪽; 존 머터, 『재난 불평등』, 장상미 옮김, 동녘, 2020, 13쪽; 폴 파머, 『감염과 불평등』, 정연호 외 옮김, 신아출판사, 2010, 397쪽 이하.

었다. 방역 지침 등에 관해 정치권은 일관된 합의를 이루어내지 못했으며, 전문가들의 '과학적' 진단이나 연구에는 크게 귀 기울이지 않는 모양새였다. 확진자의 동선이나 접촉 여부 등을 공개하는 것이 사생활에 대한 간섭이나 침해로 간주되고 전체 주의적 통제로 의심받았던 사례가 대표적이다. 사정이 이러하 니 팬데믹이 2년 차에 접어드는 현재, 감염자나 사상자 수 억제에서 한국 사회가 상당한 성과를 거두었다는 점은 이례적 일 수밖에 없다. 국가의 공공 관리 능력에 잠시 괄호를 쳐둔다 면, 많은 연구자들은 그 공로를 시민들의 자발적 자기 통제, 곧 인민주권의 행사에서 찾고 있다. 이웃의 위기가 곧 자신의 위기와 연결되어 있음을 깨닫고, 그에 대해 공동으로 대처함으 로써 더 나은 삶을 공동체에 선사하고자 하는 정치·윤리적 결집의 효과라는 것이다.[11] 이는 코로나19가 초래한 수동적 결과가 아니다. 역으로 코로나19가 드러낸 능동적 시민성의 표현이 'K-방역'이라는 뜻이다. 지금 여기서 방역의 실효성에 대한 논의를 벌이지는 않겠다. 다만, 코로나19가 공동체 구성원 상호 간의 본래적 연결성을 회복하고 증진시키는 계기임을 지적하도록 하자. "우리는 서로에게 민폐가 될 수 있습니다."

· ·

11. 황정아, 「팬데믹 시대의 민주주의와 '한국모델'」, 황정아 외, 『코로나 팬데믹과 한국의 길』, 창비, 2021, 32~33쪽.

폐 끼침조차 용인될 만한 공동체는 '커먼즈로서의 우애'를 성찰적으로 깊이 받아들인 사회이다.[12]

마지막으로 담론적 차원에서 대연결의 증표를 확인해 보자. 근대의 종언이나 포스트모던의 문화적 유행을 구가하던 지난 세기의 말엽과는 대조적으로, 21세기는 유물론의 혁신, 즉 신유물론과 함께 시작되었다. 알다시피 유물론은 근대 사회사 상사를 견인한 정치이념이자 이데올로기적 축이었다. 그것은 관념보다 물질을 우선하며, 추상적 가치나 의미보다 실질적인 사물 자체를 더욱 진실되고 실재적인 것으로 여기는 태도이자 신념에 해당된다. '이데올로기의 시대'라 불리던 20세기가 동·서 양 진영으로 분할되고 각자의 제도와 법규, 체제, 생산양식 등을 구축했던 것은 물질과 사물 자체의 진리성보다는 그에 관한 입장이 달랐음을 반증한다. 그러나 1991년 소비에트 연방의 해체로 미국식 자본주의의 단극체제가 오래 지속되면서 물질적 부, 곧 자본만이 모든 것이라는 인식을 깨운 것은 근대 유물론의 한계이자 역설인지도 모른다.

사회에 대한 관점이나 정치적 관심사가 아니라 물질 자체에 대한 인식으로부터 배태된 신유물론은 종래의 사상적 틀을

<hr />

12. 변진경 외, 『가늘게 길게 애틋하게 — 감염병 시대를 살아내는 법』, 2020, 시사IN북, 208쪽; 황정아, 「팬데믹 시대의 민주주의와 '한국모델'」, 『코로나 팬데믹과 한국의 길』, 창비, 2021, 35~39쪽.

벗어나 물질에 대한 새로운 이해에 입각하기를 권유한다. 과거의 유물론이 물질을 공간적 입자로 정의하고 불변하는 실체로 받아들인다면, 신유물론은 물질이 시간적 흐름에 따라 변화하고 생성하는 유동성을 갖는다고 주장한다. 사물은 눈앞에 던져진[ob-ject] 수동적 물체가 아니다. 오히려 사물은 이 세계에 변화를 일으키고 사건의 양태를 변형시키는 능동적 참여자이다. 인간은 사물과 동등한 세계-내-사건의 관여자에 머물며, 그런 의미에서 사물과 동등한 존재론적 가치를 지닌다.[13] 과학기술학STS에 근거를 둔 신유물론은 사물들의 연결망에 관심을 갖기에 비인간과 인간의 종차적 구분을 내려놓고, 네트워크의 종류 자체에만 초점을 맞춘다. 인간의 고유성과 영향력을 무시하지는 않지만,[14] 인간만의 결정적 주도권은 인정하지 않는다. 객체지향적 존재론이라 불리는 이런 경향은 신유물론에 '비유물론' 혹은 '반유물론'이라는 명칭까지 붙게 만드는 형편이다.[15] 관건은 이 사조가 유물론인지 아닌지에 있지 않다. 요점은

<hr />

13. 레비 브라이언트, 『객체들의 민주주의』, 김효진 옮김, 갈무리, 2021. 이 책의 제목이 시사하는 것은 객체들이 서로 민주적 관계를 맺는다는 것이 아니라 상호 무관계함으로써 각자의 존재론적 지위를 누린다는 사실이다. 여기서 민주주의란 특정한 관계로부터의 벗어남인 바, 어떤 관계든 그것을 구축하는 (지배적) 주체를 노정하기 때문이다.

14. 브루노 라투르 외, 홍성욱 엮음, 『인간·사물·동맹』, 이음, 2010, 30쪽.

15. 그레이엄 하먼, 『비유물론』, 김효진 옮김, 갈무리, 2020, 156쪽.

근대적 시간 바깥의 새로운 시간 개념, 즉 비근대적이고 탈근대적인 시간 개념이 신유물론을 낳았고, 그것이 인간과 비인간, 물질과 비물질, 자연과 사회, 거시세계와 미시세계 등으로 구별되던 근대적 불연속을 (다시) 연결시키는 매개가 되었다는 데 있다.

3. 세 가지 시-차를 경유하여

근대 이후의, 근대 너머의 지금-여기라는 상황에서 '거대한 연결'은 상당히 추상적인 이념처럼 들린다. '추상적'이라 말하는 이유는 그 연결의 근거를 우리가 아직 기대고 있는 근대적 과학과 인식의 방법으로 완전히 풀어낼 수 없기 때문이다. 사물과 사물, 인간과 비인간 사이의 생성과 변형, 지속의 과정은 동시대적 관찰로는 입증에 한계가 있다. 마치 수백 수천만 년을 요구하는 지질학적 연대기처럼 오랜 시간적 누적과 변전을 통과해야만 지구사와 우주사를 관류하는 대연결의 실상이 드러날 것이다. 또한 '이념'이라 부르는 까닭은 연결이 불러내는 인식과 태도가 진리에 대한 지향과 흡사한 탓이다. 시간을 공간화시켜 이해함으로써 분석적 인식은 증대되었으되 사건을 보는 능력은 감퇴했다는 통찰에 기댄다면,[16] 인간과 비인간의 공진화는 근대의 인간주의로부터 해방된 또 다른 진리의 차원을 열어 보일 것이다.

관건은 이 거대한 연결이 어떤 관점에서, 그리고 어떠한 지평을 거쳐 펼쳐지느냐에 있을 듯하다. 앞서 존재와 생성이라는 두 대립되는 주제가 지성사를 관통해 왔다고 지적했거니와, 불연속과 연속, 단속과 연결 모두 동일한 맥락에서 수렴되는 개념들로 볼 수 있다. 예컨대 서구 사상사 전반을 투과하는 '존재의 대연쇄'는 대연결과 마찬가지로 모든 것이 상호 연쇄적으로 이어져 있음을 설파했으나, 신학적이거나 철학적이고 정치적인 입장 차에 따라 서로 다른 해석들이 난무하는 담론의 각축장을 벌였다.[17] 달리 말해, 어떤 지반 위에 놓여 있느냐에 따라 존재(불변하는 것)와 생성(변화하는 것)의 상이한 배치를 낳는 개념이었던 것이다. 하지만 어느 쪽이든 물질과 사물, 세계를 인간학적 입장에서 관조한다는 것은 동일했기에 근대성의 토대를 벗어났는지는 의문스럽다. '대연결'에 대해서도 사정은 다르지 않은데, 바이러스든 커먼즈든 물질이든 비인간적인 것에 대한 주목이 어떤 기반을 은밀히 전제하느냐에 따라 다시 '인간의 눈'이 개재할 가능성을 의심해 볼 수 있기

• •

16. 앙리 베르그손, 『물질과 기억』, 박종원 옮김, 아카넷, 2005, 344~347쪽.
17. 아서 러브조이, 『존재의 대연쇄』, 차하순 옮김, 탐구당, 1991, 제1장.

때문이다.[18]

'사물들의 우주'라 명명된 비인간주의의 급진화 자체가 문제일 리는 없다. 인간학 자체가 근대의 산물인 만큼, 인간이라는 근대의 에피스테메를 넘어서기 위해서는 분명 비인간을 문제화할 필요가 있다. 그럼에도 인간 자체가 아니라 인간이 비워진 곳, 그 자리 자체가 이미 인간의 산물임을 염두에 두어야 한다. 인간 없는 자리에 기입된 인간적인 것을 문제화하는 것만이 진정 비인간을 맞이하기 위한, 대연결의 장을 여는 첫걸음이 될 것이다. 징후적 독해가 그렇듯, 실체가 아니라 흔적으로 비인간을 읽어낼 수 있을 때 우리는 진정 인간과 비인간을 포괄하는 '사물들의 우주'를 상상할 수 있을 것이다. 그렇기에, 아이로니컬하게도 이 작업은 가장 인간적인 장르인 문학에 근접해 있다.[19] 하지만 그것은 소설적이기보다는 차라리 시적이라 할 만하다. 불연속과 이질감, '어긋난 이음매'를 통해 드러나는 대연결의 사건은 완결성을 추구하는 소설보다 인식과 감각의 단층선 및 파열점에 더 주의를 기울이는 시에

• •

18. 슬라보예 지젝 외, 『다시, 마르크스를 읽는다』, 최진석 옮김, 문학세계사, 2019, 105~106쪽.

19. 스티븐 샤비로, 『사물들의 우주』, 안호성 옮김, 갈무리, 2021, 32쪽. 저자는 이 시도를 '사변소설'이라 부른다. 유사한 맥락에서 연결성에 대한 사유는 문학들 간의 차이에 주목하는 비교문학에 가깝다. 러브조이, 『존재의 대연쇄』, 28쪽.

적합하기 때문이다. 시선과 시간, 시詩에 새겨진 단층과 파열의 지점들을 최근의 시편들 속에서 읽어보자.

1) 인간과 비인간의 시-차視-差

데카르트가 인간의 정신, 즉 이성적 영혼을 육체 없이도 존재하는 실체라 선언했을 때, 그가 염두에 둔 것은 거울이었다. 사물을 있는 그대로 비추는 사물로서 거울의 위상은, 그것이 발명되었을 무렵부터 특별한 것이었다. 자신이 아닌 다른 것의 이미지를 담아내고, 그 '다른 것'의 자기 이미지를 투영하는 거울은 정녕 정신의 표상이자 근대 인간의 자기의식을 드러내는 상관물이 아닐 수 없다. 모든 조건이 동일해도 정신을 인정하지 않는 존재가 있다면 그는 우리 지구인과는 전혀 다른 실존일 것이라는 사고실험을 참조하지 않더라도,[20] 인간은 분명 정신을 통해 외부세계와 자기 자신을 표상하는 존재이다. 그런데 만약 거울이 없다면, 달리 말해 외적·내적 현실에 대한 반영적 지각이 없다면 그는 어떻게 될 것인가?

거울이 사라졌다고 한다.

• •

20. 리처드 로티, 『철학 그리고 자연의 거울』, 박지수 옮김, 까치, 1998, 제2장. 로티는 그들을 대척행성인(對蹠行星人, Antipodea)이라 부른다.

물에 아무것도 비치지 않는다고 한다.
쇼윈도에도
사진에도
그녀의 눈에도
내가 없다고 한다.

나는 생후 한 번도 내 얼굴을 본 적이 없어서
꿈 없는 잠을 잤다.
잘 잤다.
그림자라는 게 뭔지 몰라서
백미러가 없는 자동차를 몰고 질주를.
차 안에서 목청껏 노래를 부르고
치명적인 충돌까지.

죄책감이 필요하지 않았다.
위층은 일 년 내내 비어 있었다.
누군가를 비난한 뒤에
사랑해! 사랑해!
아무리 소리를 질러도 누가
대답을

　　　　　　　　　　　— 이장욱, 「비반영」 부분[21]

거울의 부재는 인간이 자신을 비추어 볼 그 어떤 매개물도 갖지 않게 되었다는 뜻일 수도, 또는 자기의식을 가질 인간적 존재가 더 이상 실존하지 않는다는 뜻일 수도 있다. 데카르트적 자아가 최초로 성립했을 때처럼, 그러나 자신을 보증할 신도 없고 투영할 세계도 없는 것처럼 자기를 확인할 아무런 대상도 "없다"면 무슨 일이 벌어질 것인가? 이 없음은 무를 표시하는 최소한의 문자적 기호("비반영")에 해당되며, 그것이 무엇인지는 두 번째 연의 내용적 진술로써 섬뜩하게 묘사된다. '우리' 인간에게는 아이러니하지만, 자아가 없는 인간-존재는 불안에 떨거나 두려움에 사로잡히기는커녕 "꿈 없는 잠"을 잘 수도 있고, 자기 반영적 투영으로서 "그림자"도 갖지 않기에 "자동차를 몰고 질주"하거나 "목청껏 노래" 부를 수 있는 쾌활한 존재가 된다는 것. 심지어 "치명적인 충돌"을 일으켜도 문제될 게 없다. 왜냐면, 죄악에 대한 책임을 물을 신("위층")이 없으므로 "죄책감"도 느낄 필요가 없는 탓이다.

정신을 인정하지 않는 대척행성인은 심신이원론 같은 문제에 시달리지 않는다. 자기 및 타자의 반영이라는 개념 자체가 인간의 고유한 특징이기에 결코 지구 밖의 존재자에 대해서

---

21. 이장욱, 『동물입니다 무엇일까요』, 현대문학, 2018, 16~18쪽.

보편적으로 적용될 수 없다. 그 같은 존재는 홀로 있어도 "외롭지도 않"을뿐더러, 누구를 만나든 기꺼이 "처음 뵙겠습니다"라고 인사하며 당장 헤어질 수도 있다. 타자는 타자일 뿐 자기 안에 있거나 밖에 있는 어떤 투영적 대상이 아니기 때문이다. 그는 어쩌면 니체적 초인Übermensch이거나 베르그손의 초인 sur-homme에 가까울지 모른다.[22] 또 다른 인류, 혹은 인류의 타자로서 비인간이 그럴 것이다.[23] 하지만 아무것도 되비추는 게 없는 그 세계의 존재는 차마 존재자라고 부를 수도 없는데, 비반영의 세계, 곧 쌍을 만들지 못하는 세계의 복수성이란 각각의 각자성만 있을 뿐, 그들을 묶어줄 틀을 갖지 않는 까닭이다. 지구-인간에게 이 대척행성인들의 시선이 "미친 듯" 보이는 것도 그런 이유에서다.[24]

• •

22. 프리드리히 니체, 『차라투스트라는 이렇게 말했다』, 정동호 옮김, 책세상, 2002, 29쪽; 앙리 베르그손, 『창조적 진화』, 황수영 옮김, 아카넷, 2005, 396쪽.

23. 이장욱의 작품은 시집 제목이 시사하듯 동물, 혹은 동물과 인간의 관계나 경계에 대한 것이기에 우리의 논제보다 더욱 한정적인 범위에서 음미해볼 수도 있다. 그러나 그때도 동물은 비인간, 즉 인간 밖의 존재자에 대한 표상이자 인간을 되비추는 표상으로 진술되고 있으며, 결국 현재 인간과 그의 타자로서 비인간 사이의 거리를 인간에게 드러내는 존재자(거울)에 가깝다. 이장욱, 「동물원의 시」, 『동물입니다 무엇일까요』, 87쪽.

24. 푸네스는 한번 접한 모든 것을 잊지 않는다. 하지만 그 모든 것들은 각각의 개별자로 기억 속에 남기에 일반적 기준을 세워 분류할 수

사람들은 비추어지지 않는 거리를 걸어갔다.

나는 거리에 서서 사람들을 바라보았다.

한 사람 한 사람을

미친 듯이 바라보았다.

— 이장욱, 「비반영」 부분

2) 포에지와 포이에시스의 시-차詩-差

타자 또는 외부에 대한 의식(거울)이 없다면, 모든 각각의 대상들은 그 자체로 존립하는 '무엇들'이다. 인간이든 비인간이든, 그들을 포괄하는 우주에 현존하는 사물들은 그저 적나라한 사물성들 자체일 뿐, 여기에 어떤 의미도 있을 수 없다.

흰색 위에 흰색을 덧칠하는 것은

농담이라고 배웠어

상대방이 웃을 때 따라 웃어주라고 배웠어

• •

없다. 각각의 존재자를 그 자체로 실존하는 것으로 받아들이는 것은 위대한 능력이다. 신유물론이 내세우는 '사물들의 우주'도 그와 같을 법하다. 하지만 모든 것이 일반성 없는 각자일 때, 인간적 사유, 곧 추상화는 불가능해진다. 호르헤 루이스 보르헤스, 「기억의 천재 푸네스」, 『픽션들』, 황병하 옮김, 민음사, 1994, 188쪽. 그것은 데카르트가 몰아내고자 했던 광기의 일부일지 모른다.

눈물은 채도가 낮은 하얀 색일 것 같았지

장미는 빨개 빨간 것은 사과 사과는 심장 심장은 시계
위에서 째깍째깍 뛰고 뛰는 사람은 아직 두 볼이 붉은 어린아이
　빨강의 순환
　아주 어린 그 아이는

피아노를 쳤어 흰 건반 위에 덧칠한 것이
검은색이라서 다행이야
우리의 음악은 농담이 아니라서
네가 웃어넘길 때 내가 울어도 되겠지

그것이 사랑이어도 좋겠지
장미가 이름을 잃고 계절이 수상하게 끝나고
사나운 발톱이 미끄러운 담벼락을 놓치고 다시 고아가
되어 새빨갛게 울어도

심장은 시계 위에서 정직하게 뛰고 있으니까 괜찮아
아이는 메트로놈을 원점으로 고정시킨다

그것을 변주해도 좋겠지

다시, 장미 시계 피아노

— 원성은, 「장미, 시계, 피아노」 전문[25]

실용적 측면에서 볼 때, 같은 색을 덧칠하는 것은 무의미하다. "흰색"에 "흰색"을 다시 칠하는 것은 다만 두 번의 흰칠에 다르지 않을 터. 따라서 그 효과는 내용 없는 형식의 반복이 야기하는 "농담"과 같다. 웃음에 웃음으로 응대하는 것 역시 마찬가지다. 감정의 전이나 감염, 또는 '사회적 의례'라고 부르는 에티켓이 아니라면 거기에는 아무런 의미도 없다. "눈물"과 "채도가 낮은 하얀색"을 등치시키는 것은 그 무의미의 극단에 있는바, 상이한 두 사건의 의미 차이를 전혀 식별하지 않고 또 인정하지 않기 때문이다. 이 모두는 각각의 사물, 그것들의 차이를 제거하고 동등화할 때 발생하는 필연적 결과이다. 끝말잇기가 잘 보여주듯, 사물들은 가족유사성에 따라 이리저리 이어지거나 "순환"하고, 희로애락의 인간적 감정은 그 부대물인 양 버려질 뿐이다.

사물("장미")이 "이름을 잃"거나 변화("계절")가 "수상하게 끝나고", 마찰력의 물리법칙이 작용하지 않거나("사나운 발톱

25. 원성은, 『새의 이름은 영원히 모른 채』, 아침달, 2021, 18~19쪽.

이 미끄러운 담벼락을 놓치고") 각자("고야")로 남겨지는 것은, 그럼에도 정지나 무가 아니다. 우주의 수많은 행성이 서로를 모르는 채 존립하고, 인간과 비인간이 상호 무관계하게 실존해도 아무 상관 없는 것처럼. 그러나 여기에 분명 시간은 흐르고 운동은 지속된다. "원점"에 놓인 "메트로놈"은 이 무관성의 우주를 "고정"된 것처럼 바라보는 인간학적 시선일 따름이다. "변주"를 동일한 것의 반복으로 보는 것과, 계속적인 차이의 생성으로 보는 것은 정말 '한 끗 차이'인 것이다.

"장미"와 "시계", "피아노"는 제각기 자연/생명과 기계/법칙, 그리고 인간/문화를 상징한다. 사물들의 우주에서 이 모든 존재자들은 오직 무관성을 통해서만 연결 가능한 역설의 연관성 속에 있다. 마지막 연이 무척 흥미롭다. 눈치 빠른 독자라면 여기에서 로트레아몽의 저 유명한 "해부대 위에서의 재봉틀과 우산의 우연한 만남처럼 아름답다"라는 구절을 떠올릴 것이다.[26] 이미지들을 뒤섞고 파열시키는 데서 오는 감각의 폭발, 그것을 추구하던 시인이 '아름답다'는 해석적 언명에 도달했음을 유의하자. 그와 달리 "장미"와 "시계", "피아노"의 병렬은 그 어떤 미학적 판단에도 도달하지 않는다. 이 시에서는 "다시"라는 부사가 서둘러 앞을 가로막음으로써 명사(사물)들을 상호

26. 로트레아몽, 『말도로르의 노래』, 황현산 옮김, 문학동네, 2018, 248쪽.

탈인간을 위한 시-차들 _ 239

무관히 나열하고 있다. 만일 여기서 모종의 감각적 흥취나 미적 쾌감을 느낀다면, 그것은 인간—독자인 당신에게 벌어진 지극히 인간적인 현상일 뿐이다. 문학이라는 문화적 제도, 그 장르적 무대를 충분히 인지하고 지각하는 우리—인간의 사태인 것이다.

사물은, 그것이 인간적 명명을 통과하는 한 결코 사물 그 자체일 수 없다. 이 지극히 미묘한 사건의 편차, 그것을 드러내는 게 예술이며 시학이다. 전통 시학이 사물이라는 대상의 재현에 의식적으로 기대는 예술[poésie]이라면, 비인간을 문제 삼는 우리에게 사물은 결코 그것이 사물 자체일 수 없음을 역설적으로 드러내는 사건의 생산[poiesis]에 가까워 보인다.

3) 미래와 미—래의 시—차[時—差]

그렇다면 사건의 생산은 예술인가 아닌가? 예술이 아니라면 무엇이라 말해야 할까? 지금—여기로 표명되는 현재성과는 단절된, 하지만 또한 이어져 있는 낯선 시간성으로서 그것은 우리—지구—인간이 경험하는 현재와 판연히 다른 시간의 감각이 아닐까? 일상적 경험 이상의 체감으로서 어제와 오늘, 내일을 비껴 나가는 감각이 있다.

밤은 명사일 리 없어

우리는 보다,의 반대편에 있다

[…]

눈을 감긴다 어제에겐 색채가 없고

내일에겐 질감이 없는데

볼 수 없어서 우리는

물컹한 유리가 되어 가지

액상液狀으로만 만나자, 눈을 뜨면

쓸데없는 밤이, 시력이 없는 눈이

사물의 무늬가 되어 간다

— 류성훈, 「유리체」 부분[27]

　"밤"은 "명사"지만 고정된 사물이나 상태가 아니다. 밤의 본래면목은 시간의 흐름, 반복되며 늘 다르게 현상하는 시간과 시간 사이의 간격, 곧 시–간時–間에 있다. 그러므로 양안의 동시성 속에서 포착되는 "밤"이란 공간화된 시간, 정지되고 고형화되어 지성에 의해 포획된 시간성의 자취를 뜻한다. 우리는 어제에서 오늘로, 오늘에서 내일로의 연속적 표상을 통해 시간의 이행을 구성하지만, 그것은 실상 낮과 밤의 분절된 관념들을 붙여놓은 불연속적 이미지들의 열거에 불과하다.

· ·
27. 류성훈, 『보이저 1호에게』, 파란, 2020, 28~29쪽.

낮과 밤, 그리고 어제-오늘-내일은 결코 상호 환원되지 않는 불가분의 연속체로서 실재한다. 때문에 "어제에겐 [내일과 비교할] 색채가 없고 / 내일에겐 [어제와 대조할] 질감이 없"는 것이다. 지금-여기는 지금-여기 그 자체이기에 "오늘"로 소환될 수 없는 흐름의 한 가운데이자, "어제"나 "내일"과 구별되지 않는 흐름의 흐름을 지시할 따름이다.

이렇게 연속이자 불연속이고 이어짐이자 끊어짐인 이접적 종합synthèse disjonctive으로서의 시간성은 사물을 반영하거나 투영하지 않고, 재현하거나 제시하지 않으면서 형상 그대로 찍어낸다.[28] 바꿔 말해, 인간적 "시력이 없는 눈"은 대상을 특정한 관점에서 이미지화하는 게 아니라 "사물의 무늬"로 "[생성]되어" 감으로써 사물성을 띠게 된다는 말이다. 부딪고 부딪치는 두 사물 사이의 충격이 양쪽 모두에게 흔적을 남기듯, 시간은 사물에 흔적을 남기고 사물도 시간에 흔적을 남긴다. 영향을 주고 영향을 받는 이 관계는 그 어떤 인간학적 해석도 요청하지 않는 비인간적 사물성의 시간이 실재함을 반증한다. 우리-인간에게는 모호하고 불연속적으로 보이지만 인간 바깥의 시점時點에서는 순수한 지속durée 이외에 다른 것이 아닌 사건이

· ·

28. 이접적 종합은 상이한 사태들 사이의 거리와 차이를 긍정함으로써 연결시키는 역설적 종합을 말한다. Gilles Deleuze, *Logique du sens*, Minuit, 1969, p. 202.

바로 그것이다.[29] 보이지 않는 밤을 보고자 "눈을 감긴" 시인에게 닥친 몰아沒我의 실재는 물—아物—我의 밤이다.

흐린 겨울 저녁인데 죽은 자의 글을 따라가는 앳된 소녀가 롤러스케이트 같은 기계를 타고 공중으로 솟구쳤다 거기에 나는 없었다 땅은 좁아졌고 사람들도 줄었다 거기에 나는 없었다 문장도 하늘로 떠올랐다 All's Well That Ends Well 결과가 좋으면 다 좋아요 공중에서 눈이 내렸다 검은 구름에서 흰 눈은 여전했다 거기에 나는 없었다 구름 위를 한 사내가 바바리코트를 입은 채 걷고 있었다 검은 마스크를 쓰고 있었다 신인류였다 속도 중력 감정 들이 비틀어졌다 우리가 본 것이 아니었다 거기에 나는 없었다 여성과 사내 들은 주로 공중에 떠 있거나 지하로 내려갔다 지상은 오염되었고 신인류는 이제 불행을 매수하지 않았고 내버려둔 채 세상 최후의 고독을 살았다 거기에 나는 없었지만 이에 대한 어떤 증거도 거기엔 없었다 고스란히 새와 식물 들은 보였지만 불법이긴 했지만 수명 단축 기계가 여기저기 도시의 쓰레기통에 버려져 있었다 '결과가 좋으면 다 좋아요' 그 도시의 재해대책본부에서 쏘아 올린 저녁의 문장이 다시 공중으로 솟구쳤다

29. 베르그손, 『창조적 진화』, 황수영 옮김, 아카넷, 2005, 397쪽.

신이 아니라, 내가 보기에 그것은 마치 돛대 같았다

— 성윤석, 「2170년 12월 23일」, 전문[30]

　　음울한 분위기를 물씬 풍기는 이 시편의 배경은 흡사 코로나
19가 횡행하는 현재를 방불케 한다. "흐린 저녁"이나 "죽은
자의 글", "앳된 소녀"와 "롤러스케이트", "땅은 좁아졌고 사람
들도 줄었다"와 같은 시구들은 팬데믹의 대환란을 시사하는
듯하다. 그러나 먼 미래를 향한 제목과 역설을 이루듯, 실제
이 시편은 코로나19 이전에 집필되었다. 오히려 이 시적 시공간
에서 지배적인 것은 비인간적인 것의 출현에 대한 섬뜩한
감수성의 표현이다. "검은 마스크"와 "신인류", 비틀린 "속도
중력 감정", "공중"으로 부유하거나 "지하"로 침강하는 온갖
것들, "불행"과 "세상 최후의 고독" 등 여하한의 인간학적
사실들의 역사가 나열되어도 그 모든 계기들을 절단시키는
문장 "거기에 나는 없었다"를 되풀이해 읽어보라. 이 부재의
기호는 실존하는 특정한 '이 나'의 역사적 실존을 가리키는
게 아니라, 사태를 바라보는 인간적 시점視點과 지각의 시점時點,
그리고 이를 언어로 기술할 시점詩點의 완전한 부재 가능성을
문자적 현전으로 대신한 것이다.

• •
30. 성윤석, 『2170년 12월 23일』, 문학과지성사, 2019, 12~13쪽.

당연하게도, 우리–인간은 그것–비인간의 시점에 온전히 설 수 없다. 문학과 영화, 철학적 성찰 등의 모든 매체적 기술들은 (우리–)비인간이 거울적 반영을 통해 대리 보충하여 나타난 효과라 할 만하다. 어딘지 핵심을 꼬집으면서도 비껴나가는 듯한 "결과가 좋으면 다 좋아요"라는 상투적 표명은 일체의 비인간적인 것과 무관하게, 오직 인간에게만 적용되기에 의미를 갖는 낡은 인간학적 사실을 전시할 따름이다. 자, 이 시편에는 분명 비인간적인 무엇인가가 있다. 하지만 그것은, 마치 자연사가 그러하듯, 인간학적 서술의 '사이'에, 표현되지도 표명되지도 않은 시공간의 '바깥'에 간신히 모습을 드러낸다.[31] 미–래는 "2170년 12월 23알" 같이 표지할 수 있는 미래의 어떤 시간이 아니다. 그것은 비인간과 마찬가지로 인간의 세 시점을 미끄러지게 만드는 시–차들 사이에서 흐릿하게 감지되는 (불)투명한 시간성에 가깝다.

● ●

31. 동물성에 관한 오랜 철학적·문학적 표지들, 곧 어리석음이든 잔인함이든 결국 '인간의 고유함'에 대한 물음과 답변에 속한다는 데리다의 말을 되새겨보자. 제아무리 다름과 차이를 역설해도, 인간의 (거울적) 인식을 통과하고 언어적 기호체계를 통해 표명되었다면, 그것은 인간 자신에 대한 이야기일 뿐이다. Jacques Derrida, *The Beast & the Sovereign*, vol. 1, The University of Chicago Press, 2009, p. 69.

4. 사물들의 우주, 또는 시-차의 역설

그 일 말고는 아무 일도 일어나지 않았다

죽어 해안에 추락한 새 한 마리, 해골조각을 마른 목으로
삼켜 울음 같은 긴 트림을 내뱉고 다시 죽어갔다

제 안에서 피 쏟고 새가 죽으면
부르지 못했던 새의 이름이 뼈에 새겨진다고도 들었다

나는 아주 오래전에
내가 잊은 나의 이름 하나를 찾으러
새가 죽었거나 죽어가던 종말의 바다에 서 있었다

죽은 새의 배를 갈라
덜 부패한 이름의 왕국을 밟으면서

내가 기억하는 나의 이름들이 새겨진 뼈는 아무래도 부러뜨
리고
잃은 이름 하나를 찾아 죽은 새를 헤맸다

— 김유태, 「죽지 않는 마을」 부분[32]

자연사는 인간의 세계나 역사와 무관하게 진행되는 비인간의 세계와 그 역사Histoire이다. 하지만 자연이 인간학의 시점들을 벗어나지 못하는 한, 자연사 또한 자연에 관한 인간 자신의 이야기들histoires임을 면하기 어렵다. 자연사가 그 자체로 성립하기 위해서는 역사철학으로부터 탈정향되어야 한다는 아도르노의 금언을 되새겨볼 필요가 있다.[33]

지금 여기에 "죽어 해안에 추락한 새 한 마리"가 있다. "해골조각을" "삼켜" "다시 죽어갔다." 이 진술 자체는 별로 이채로울 게 없다. 어쩌면 죽은 새가 다시 죽었다는 문장에서 논리적 모순이나 시간의 퇴행을 짐작해볼 만은 하다. 하지만 일반적으로 새가 먹지 않는 "해골조각"을 삼킴으로써 "다시 죽"었다는 언명, 그 이중의 죽음은 문제적으로 읽힌다. 왜 "다시"인가? 첫 번째 죽음은 자연사적 사실이다. 해안가에 죽은 새가 있다는 실제 자체. 두 번째 죽음은 해석이다. 무엇인지 먹어서는 안 될, 문화적 원인으로 인해 새가 죽었다는 의미론적 실제가 여기 있다. 자연과 문화를 나누는 통념에 비춘다면, 후자가

• •

32. 김유태, 『그 일 말고는 아무 일도 일어나지 않았다』, 문학동네, 2021, 14~17쪽.

33. Theodor Adorno, "Die Idee der Naturgeschichte," *Philosophische Früh-schriften(GS1)*, Suhrkamp, 1997, p. 355.

전자를 매개함으로써 사실을 예술로 승화시켰다고 말해도 무방할 듯하다. 그런데 넷째 연에서 새는 "죽었거나 죽어가던" 시간의 교착선에 놓이게 된다. 과거인가 현재인가? 혹은 동시인가 동시가 아닌가? 이 불투명한 착란은 합리적이지 않다. 더구나 "새가 먹어치울 내생來生의 예고된 뼈 몇 조각이 / 실은 지금의 나임을 알아버렸다"라는 시구에 이르러서는, 죽은 새와 지금의 나, 그리고 해골조각 / 뼈 사이의 논리적 구분이 망실되고 만다. 이 시편이 일관성과 통일성을 갖춘 이야기로 구조화되는 것을 저지하는 요소는, "그 일 말고는 아무 일도 일어나지 않았다"와 "그런 일 말고는 아무 일도 일어나지 않았다"라는 첫 연과 마지막 연의 대구적 구절들이다. 수미상관의 시적 기교에 따라 시 한 편을 종결시켜주는 장치일지 모르나, 또한 서로가 서로의 꼬리를 무는 우로보로스적 순환을 가동시킴으로써 시의 논리적 완성을 끝내 가로막는 장치일 수도 있다. 이 교란과 방해의 효과는 금세 짐작된다. 투명한 의미론적 해석, 즉 인간적 시점의 목적론을 허물어뜨리는 것. 그럼 이 시편은 우리가 아는 시로서 성립하지 않는 걸까?

연결은 일종의 은유이자 의인화이고, 그런 만큼 인지적이며 인공적인 인간화의 기술이다. 해부대 위에 놓인 재봉틀과 우산은 각자 별개의 사물들이지만, 이들의 회집을 '우연'하다고 명명하고 '아름답다'고 탄식하는 것은 비인간적인 것에 얽혀 있는 어쩔 수 없는 인간화의 흔적이다. 은유가 갖는 억지스러운 통합력과 의인화가 내포하는 탐욕스러운 인간주의에 대한 지적이 무수히 쏟아졌음에도, 이 수사학적 장치들이 "다양하게 구성되어 연합을 형성하는 물질성의 세계"에 대한 감수성을 일으키는 필수적인 요소임을 인정해야 한다.[34] 관건은 이 '거대한 연결' 속에 비인간적 결절을 어떻게 감추면서도 드러낼 수 있는가에 달려있다.

사방이 막힌 방 안에 홀로 앉은
두 귀가 없는 소녀가 더듬더듬 오보에를 꺼낸다
소녀는 익숙하게 A 음을 길게 뿜어낸다

오보에 소리가 새어 나가지 못하고 방 안을 가득 맴돌 때
소녀가 앉아 있는 왼편 벽면에 격자무늬 창 하나가 만들어지고

소녀가 앉아 있는 맞은편 벽면에 소녀의 키만 한 문이 만들어지고

34. 제인 베넷, 『생동하는 물질』, 문성재 옮김, 현실문화, 2020, 246쪽.

소녀가 앉아 있는 오른편 벽면에서 그랜드피아노 한 대가
튀어나와 뚜껑이 열리고

소녀가 앉아 있는 뒤편에서는 주인 잃은 각각 다른 크기의
그림자들이 일제히 일어섰다 앉기를 반복하고 있다

소녀가 뿜어내는 A 음의 오보에 소리가 소녀의 가슴에도
창을 달아 주고

문을 달아 주고, 두 귀를 달아 준다

그곳으로 들락거리는 각각 다른 크기의 그림자들에게 꽃을
달아 준다

방의 천장이 열리면 우주 공간의 떠돌이별들도 제자리를
찾을 것이다
　　　　　　　　　　　—이원복, 「리에종—불어 연습」 전문[35]

　• •
　35. 이원복, 『리에종』, 파란, 2021, 29~30쪽.

"리에종", 즉 '연결'이라는 뜻의 프랑스어 제목은 의미가 우리에게 어떻게 현상하는지를 정확히 보여준다. "두 귀가 없는 소녀"는 "사방이 막힌 방"에서 "오보에"를 "익숙하게" 연주하고, 이는 그녀가 문화적 관습에 길들여져 있음을 암시한다. 방 안을 가득 채우는 연주음은 이내 "창"과 "문", "그랜드피아노"를 형상화해 협주의 시공간을 연출할 정도다. 이 장면에서 우리는 소녀가 음악을 통해 문화적인 것을 불러내고 인간화된 세계를 구성했노라 상찬할 수도 있으리라. 재미있는 점은 그녀의 연주가 "각각 다른 크기의 그림자들"마저 일으켜 세운다는 사실이다. 물론, "그림자" 역시 인간 세계의 음화로서 의인화된 인간 표상이라 단언할 법하다. 하지만 이 "그림자들"은 "주인 잃은" 사물이라 불리고, 소녀의 "오보에 소리"가 "꽃을 달아" 줌으로써만 시 속에 자리를 잡기에 그런 해석은 온당하지 않다. 방의 "천장"을 열기 위한 인간의 마지막 시도가 "각각 다른 크기의 그림자들에게 꽃을 달아 준다"는 시구는 인간화의 범주가 비인간적인 것의 포함을 통해서만 완료된다는 역설을 드러내는 것이다.

　　"우주 공간의 떠돌이별도 제자리를 찾을 것"이라는 이 시의 대단원은, 그렇게 인간적인 것과 비인간적인 것이 '리에종'되어 하나의 성좌Konstellation를 구축하는 지점에서 완성된다. 성좌, 곧 별자리는 그 자체로 인간 아닌 행성들의 집합이자 비인간적이고 비인격적인 사건의 우연한 순간에 지나지 않는다. 당연히, 인간적 지향 없이도 그것은 존립하며, 어제–오늘–내일의 구분 없는 억겁의 시간을 통해서도 지속될 것이다. '사물들의 우주'는 바로 이 사건 아닌 사건, 순수한 사건 자체를 가리키는 이름이자 이념이다. 분명한 점은 '사물들의 우주'라고 거창하게 부르든 부르지 않든, 별은 별이라는 완전히 실재적인 비인간적 사물이라는 것이다.[36] 대연결의 이념도 그와 다르지 않다. 명명되고 의미화되는 한 그것은 실제한다. 하지만 명명과 의미화의 궤적 바깥에서 그것은 더욱 확실히 실재하는 것이다. 양자택일도 양자부정도 아닌, 양자의 동시적 긍정이라는 시–차의 역설을 어떻게 불러들일 수 있을까?

*　　　*　　　*

동물과 사물, 일체의 비인간적인 것에 대한 우리 시대의 성찰을 마냥 오래된 사변의 반복이라 부를 수는 없다. 시간의 본성이 사건적 지속에 있음을 염두에 둘 때, 그 어떤 것도 동일하게 되풀이되지는 않는다. 오직 차이 나는 것만이 돌아올 뿐이며, 생성으로서 그것은 매번 다르게 현상할 것이다. 그럼에

36. 스티븐 샤비로, 『사물들의 우주』, 안호성 옮김, 갈무리, 2021, 258쪽.

도 언어라는 불완전한 도구, 지극히 한정된 매체를 지닌 우리는 이를 다르게 표현하지 못한다. 문자와 문자 사이의 공란, 무는 아닌 그 공백에서 새어 나오는 비인간적 소음과 움직임에 민감하게 감각을 열어 놓을 따름이다.

팬데믹이 펼쳐 놓은 대연결의 시대적 분위기와 포스트휴먼에 관한 시적 언사들은 비인간을 노래하면서도 예전의 인간학적 그늘에 그대로 머물곤 한다. 언어적 존재자이자 지구적 생명체이고, 근대인의 굴레를 탈피하지 못한 우리는 영영 비인간의 미—래에 가닿지 못할 성싶다. 인간 '바깥'을 보고자 하면서도 인간적인 것 '안'에 갇혀 있을 수밖에 없는 우리에게 필요한 것은 비인간적인 것에 대한 발견일까, 혹은 그것을 촉지觸知하게 해주는 발명일까? 비인간에 대한 시적 탐문은, 그것이 지구 생태에 대한 것이든 정치적 공동체에 대한 것이든, 또는 사물 세계의 사변적인 것이든 인간과 비인간의 시—차들, 그 역설을 어떻게 담아낼 수 있느냐에 달려 있을 듯하다.

바깥의 문학

초판 1쇄 발행 | 2022년 5월 30일

엮은이 송승환
펴낸이 조기조
펴낸곳 도서출판 b

등 록 2003년 2월 24일 제2006-000054호
주 소 08772 서울특별시 관악구 난곡로 288 남진빌딩 302호
전 화 02-6293-7070(대) | 팩 스 02-6293-8080
누리집 b-book.co.kr | 전자우편 bbooks@naver.com

ISBN 979-11-89898-74-8 03800
값 14,000원